결혼, 하지 않을 자유, 하지 못하는 이유

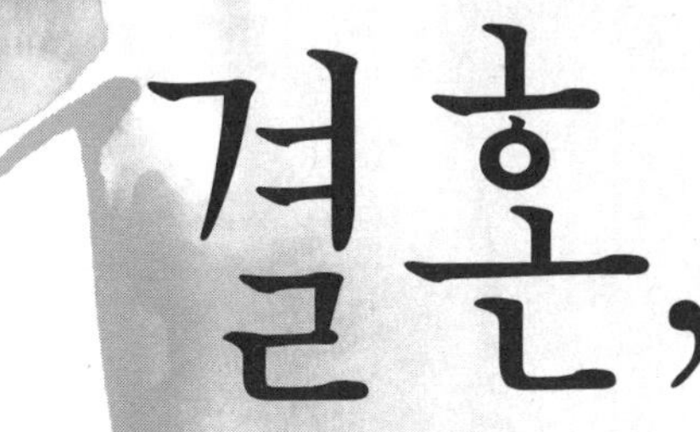

카와 도코 지음 | 최희자 옮김 |

yths surrounding marriage in japan are changing.Many young men and. Women are electing to
arry. And many others are marrying much later than their parents did only a generation ago.

하지 않을 자유, 하지 못하는 이유

더리미디어

■ 프롤로그

선택이 되어버린 결혼

공전의 미혼시대로

대부분은 언젠가 '운명의 사람' 과 만나고 맺어진다. 그리고 아이가 태어나고 화목한 가정을 이루고, 언젠가 그 아이들이 또 누군가와 만나고…….

세상은 이처럼 계속해서 이어져간다고 생각했던 시대가 분명히 있었다. 남자도 여자도 모두가 그런 이야기를 가슴에 은밀히 품고 있었다. 행복한 가정에서 자란 사람에게도, 그렇지 못한 가정에서 자란 사람에게도 그런 '가족의 이야기' 는 각인되어 있었다.

그런데 지금 우리들은 그런 이야기를 만들 수 없게 되어버렸다. 남자와 여자는 밀회할 수 없게 되었다. 이야기의 첫 장이 되는 '결혼' 에 이변이 일어나고 있다.

일본을 비롯해 적지 않은 나라의 남녀가 결혼이라는 것을 달리 생각하게 되었다. 지금까지 경험한 적이 없는 공전의 싱글 시대로 돌입하고 있다.

일본은 얼마전까지 50세 이전까지 95퍼센트의 사람이 결혼하는 것이 당연한 현상이었고, 결혼의 우등생국가였다. 하지만 '2050년의 인구 예측 통계' 에 의하면, 1985년 출생인 여성의 미혼율(50세까지 미혼으로 있을 확률)이 16.8퍼센트로 나왔다. 약 여섯 명 중 한 명 꼴이 결혼과 무관하다는 것이다. 하지만 여기서 놀래면 안 된다. 이 숫자는 어디까지나 산술적 예측이고 최악의 경우 22.6퍼센트, 즉 약 4.4명에 한 명이 독신으로 예측하고 있다. 남성의 인구는 여성의 수보다 100대 105정도의 비율로 많으므로, 남성에 있어서는 전에 없이 결혼이 어렵게 되어도 이상하지 않다. 그때쯤 남성에게 '결혼하고 싶다' 라는 마음이 있을지 알 수 없지만…….

하지만 이런 예측을 뒤로하고, 아직 우리들은 결혼을 하고 싶어한다. 아직 결혼과 가족이라는 제도에 미련이 많다. 조사에 의하면 미혼의 남녀 모두 8퍼센트 이상이 '결혼은 하고 싶다' 라고 대답했다. 결혼하고 싶을 뿐만 아니라, 여성들 중에는 커리어를 쌓고 있어도 자신이 납득할 수 있는 상대를 만나기만 한다면 자신의 모든 것을 버리고 '모든 것을 받치고 싶다' 라고 만반의 준비를 하고 기다리고 있는 사람도 있다. 여성문제의 제일선에 있는 30대 전반인 여성 편집자도 축하받으면서 퇴사하는 것이 꿈이라고 했다. 일을 그만두는 한이 있더라도 세 명의 아이를 낳고 싶다고 진지하게 말하는 여성도 있다.

단지 여성들은 '운명의 만남' '납득할 수 있는 상대'를 기다리고 있을 뿐인데, 그것이 일본의 미래를 암울하게 인도한다는 것은 슬픈 일이다.

만혼이다, 비혼이다, 공전의 미혼시대라고 떠들고 있는 동안에, 소자녀경향은 점점 심해져가고 있다. 소자녀경향의 원인에는 '결혼' '출산'의 저하가 있는데, 결혼율의 저하는, 그대로 출산율의 저하로 연결된다.

따라서 인구의 감소는 먼 미래가 아닌 눈앞의 일이 되었다. 최근 발표에서는 인구 감소가 2006년부터 본격적으로 시작한다고 했다. 선진국에서 소자녀경향은 공통 문제이지만 이대로 간다면, 선진국 안에서는 일본이 가장 먼저 최고령국이 될 수 있기 때문에 세계는 마른침을 삼키며 일본의 장래를 지켜보고 있다.

최고령국이라고 하면 바로 이해가 안 갈지도 모른다. 인구가 줄어든다면 주택문제도 해결되어 살기 좋게 된다. 어쩌면 우리 아이가 치열한 시험 경쟁에서 고생을 안 할지도 모른다. 이처럼 표면적인 현상만 보고 밝은 미래를 꿈꾸는 사람이 있을지 모르지만, 고령화 사회란 일하는 사람과 일하는 사람이 떠받쳐야 할 고령자의 비율이 높아져 기형이 된다는 것이다. 머리가 큰 인구 피라미드가 된다는 것이다. 일하는 사람들의 부담은 커지고 미래가 점점 가난하게 된다는 것이다. 이렇게 되는 상황에서 가장 힘들어질 계층은 아이를 낳는 여성이다.

'좋은 남자가 없다' '운명적인 만남이 없다' 고 탄식하고 있는 동안에, 우리의 장래는 점점 위축되어 가고 있다.

이런 현상에 가장 놀라는 층은 바로 여성들이다.

1960년대라는 병

만혼화, 비혼화의 주역들은 주로 1960년대 출생이다. 1960년대생은 1990년대의 만혼화 경향의 선두에 선 집단이다. 2000년도 한 조사에서는 30대 전반, 즉 1960년대 전반 출생인 남성의 미혼율이 4퍼센트를 넘었다고 했다. 2002년 1월의 '일본의 장래 예측 인구' 발표에서는, '1960년대 출신인 부인들이 아이를 낳지 않는 경향' 이 만혼화 이외에, 소자녀경향을 요인으로 지적하고 있다. 젊어서 결혼을 해도 아이를 낳지 않는 부인들이다. 그 이들 역시 1960년대 출생이다.

1960년대 출생은 아이를 낳지 않는 세대인가

필자도 1960년대 초에 태어났다. 버블 시대에 일반직 여성사무직으로 취직했다. 외국계 회사로 전직해 근무하던 중에 늦은 결혼을 했다. 아이는 없다. 전형적인 만혼, 소자녀경향의 축에 든다.

주위를 봐도 같은 세대 친구들의 '여자의 길'은 다양하다. 남녀고용평등법 시행 후의 세대에서도, 1960년대 전반의 여성들의 직업인으로서의 출발을 대부분 일반 여사무원, 애초부터 남성 대열에 끼어 커리어를 쌓으려고 하는 숭고한 뜻이 있었던 것은 아니었지만 사회에 나와서부터 길은 다양해졌다.

친한 친구 중에 일을 하고 있는 싱글 여성이 많다. 서른 다섯 살이 넘어서 결혼하는 사람이 있는가 하면, 서른 다섯 살 넘어서 출산하는 고령 출산도 흔하다. 불륜, 이혼, 사실혼, 국제결혼, 부부가 함께 이민, 친구들을 둘러보건대 최근에 이 같은 다채로운 현상에 놀랬다.

파트너가 되는 남성들도 다양하다. 일찍 결혼한 사람은 동갑, 늦게 결혼한 사람에게는 연하가 눈에 띄고, 젊었을 때 열두 살 이상의 남성과 결혼해 이혼, 연하의 남성과 다시 결혼하여 두 번씩이나 멋진 인생을 즐기는 친구도 있다.

인구동태가 문제로 대두될 때 항상 20대 후반의 여성과 30대 전반의 남성의 미혼율을 비교하는데, '남성이 연상, 여성이 연하'가 많이 나타난다. 일본에서는 가장 보편적인 결혼의 형태가 사라졌다. '샐러리맨인 남편에 전업 주부, 아이는 두 명'

이라는 표준세대 모델이 되어 온 가족에서 태어난 우리들은 이제 그 형태를 재생산할 수 없다는 것이다.

계속되는 만혼, 소자녀경향 안에 있는, 같은 세대의 남녀의 현실을 알면 알수록 어찌할 수가 없다. '엇갈림' 에 안타까운 생각마저 든다.

그렇지만 우리들은 만나고 싶다. 누군가와 맺어지고 싶다. '운명의 사람' 과 언젠가 우연히 만난다고 하는 '영원한 한 쌍' 의 이야기를 버릴 수가 없다.

우리들이 만나고 맺어지기 위해서는 새로운 이야기가 필요하다.

1960년대 출생인 남녀의 '현재' 를 더듬어 보았다. 결혼을 못 믿게 된 최초의 세대, 그러나 아직 결혼에 미련이 많은 세대다. 어중간한 과도기의 같은 세대를 알 수 있는 것으로, '지금' 의 우리의 남녀가 왜 엇갈리고 있는 걸까? 앞으로 남녀의 이야기는 어떻게 되어 갈 것인가를 알 수 있는 실마리가 되지 않을까.

우리들은 새로운 이야기를, 안타깝게 더듬으며 찾고 있다.

■ 차례

제2장 결혼할 수 있어도 안 하는 여자들

제3장 신만혼시대

제1장

결혼하고 싶어도 못하는 남자들

우리들 각자는 날개를 하나밖에
갖고 있지 않은 천사들이다.
두 영혼이 서로를 껴안을 때
우리는 비로소 하늘을 날 수 있다.

– 루치아노 드 크레센조

지금 결혼하고 싶습니다

2000년의 한 국제조사에서, 마침내 30대 전반의 남성의 미혼율이 처음으로 40퍼센트를 넘었다. 특히 동경에서는 54퍼센트가 미혼으로, 싱글 쪽이 다수파가 되어버렸다.

'1965년 출생인 남성의 다섯 명의 한 명은 평생 결혼할 수 없다' 라고 1994년에서 예언한 사람은 '미혼의 권유' 를 쓴 모리나가 타구로(森永卓郎)이다.

2000년에 와서 서른 다섯 살에서 서른 아홉 살까지의 남성의 미혼율은 25.9퍼센트이므로, 앞서 예언이 거의 맞아떨어진 셈이다.

세계 대도시에서도 동경은 대만에 버금가는 '만혼도시' 이다. 그렇다면 다수파가 되어버린, 동경에 살고 있는 싱글 남성은 어떤 사람들일까? 또한 그들은 더이상 결혼할 생각이 없는 걸까?

지금 '30대 전반 남성의 절반 이상이 싱글' 이라고 하면, 여성들은 '그런 싱글이 다 어디에 있는 걸까?' 라는 반응을 나타낸다. 왜 같은 도시에 살면서 여성들은 그들이 보이지 않는다고 하는 걸까?

1

엇갈리는 남과 여

"결혼하고 싶습니다. 지금 당장이라도 좋습니다."

결혼을 하지 않는 이 시대에, 이런 식으로 솔직한 심정을 말하는 남성들도 있다. 결혼에 관한 기류는 지금, 한마디로 미묘하다.

같은 질문을 여성들에게 한다면 연령이 올라가면 올라갈수록 '음, 결혼을 하고는 싶지만, 좋은 사람이 있으면' 이라는 모호한 대답이 돌아올 것이 분명하다. '왕자와 공주는 결혼했습니다' 와 같은, 축복 받으며 맺어진 주인공의 동화를 읽으면서 자란 여성들이지만 이제 결혼이 '축복 받을 일' 로만 받아들여지지 않는다.

현실이 이런데 30대 후반, 40을 바라보는 남성이 말하는 '결혼하고 싶다' 라는 생각을 여성 쪽에서 보면 잘 믿어지지 않는다. 더구나 그런 말을 하는 남성이 겉으로 보기에 매력적이지 않은 타입이라면 더욱 그렇다. 거기에는 당연히, '그렇게 결혼하고 싶었는데 왜 지금까지 하지 않았는가' 라는 의문이

든다. 그리고 물어 보면 대부분의 남성은 적당한 상대가 없기 때문이라고 말한다. 이렇게 말하는 남자는 그래도 주위에서 좋은 사람이라고 평을 듣는 사람이다. 그런 까닭에 더욱 속내를 보고 싶어하는 것이 여자의 재미있는 속성이다.

어쩌면 굉장한 마마보이일지도…….

혹시 지독하게 이상한 취미가 있을지도…….

상대에게 겉으로는 이렇다할 결점이 보이지 않을수록 여자는 의심을 한다.

결혼 정령기가 지났지만 그들은 그래도 결혼을 간절히 하고 싶은데 하지 못하고 있다. 그렇다면 어째서 그럴까?

Case 01. 거울을 안 보는 남자 | G씨 (39세, 시스템엔지니어)

남자는 하루에 평균 몇 번 정도 거울을 볼까? G씨 부서의 20대 부하 직원들은 제법 멋쟁이다. 대화중에도 레스토랑의 유리창을 거울 삼아 눈을 흘끗 돌려 머리카락을 정돈하곤 한다.

하지만 G씨는 좀처럼 거울을 보지 않는다. 20대에도 그다지 멋을 부리지 않았으며, 외모에 그다지 신경을 쓰지 않아도 그런 대로 봐 줄만 했다. 불규칙한 식사 때문인지 체중 변화가 심한 편이고, 키도 크고 단단하게 살이 찐 건장한 타입이었다.

그러나 최근에는 살이 찌기는커녕, 쇼윈도에 비치는 자신은 그냥 살찐 남자로만 보였다. 성급히 눈을 딴 데로 돌렸다. 머

릿결도 점점 나빠지고 있다.

"대부분의 여자들이 싫어 할지도……."

이런 생각을 하며, 거울을 보는 것이 점점 겁이 났다. 현장에서 기숙사로 돌아갈 여유가 없어 목욕도 할 수 없다. 결코 목욕을 싫어하는 것은 아닌데, 시간 여유가 없다. 멋을 부리고 어딘가에 갈 틈도 없다. 또 개인적으로 함께 어울리는 상대는 스스럼없는 남자친구 뿐이다.

G씨는 스스로 걱정이 되었다.

"여자들은 남자를 세세히 체크하고 있죠. 그런 여성이 나를 본다면 도대체 나라는 사람은 어떻게 보일까요. 지금 부서에는 남자들만 있어서 다행이지만, 갑자기 본사의 회식에 불려 갔을 때 여성이 섞여 있으면 초조할겁니다."

아아, 끝났다. 좀더 나은 모습으로 왔으면 좋았을 텐데 하면서 후회해도 이미 연극은 끝났을 것이다.

G씨 자신은 나이를 먹었다는 자각은 전혀 없는 것 같은데, 거울을 보면 보기 싫은 현실과 서로 마주 봐야만 했다.

거울 대신에 서로 마주 볼 사람이 있었으면 가장 좋겠다고 했다. 그 여성 눈에 자신이 어떻게 비칠지 생각할 수 있다. 좀 더 외모를 꾸몄다. 그러나 하는 일이 도심에서 떨어진 연구실에 들어앉아 있으므로 사람을 만날 기회도 적고, 자신이 적극적으로 만남의 장소에 나가는 타입도 아니었다. 옛날부터 '지킴이'의 자세이다. 좋아하는 여성에게 고백할 때도, '잘 될 것이다'라는 확신이 없으면 절대로 '교제합시다'라고 먼저 말하지 않았다.

그는 애인 없이 홀로 지낸 지 이미 삼 년이 넘었다.

바라는 것은 인생의 파트너

그는 여성들이 자신을 싫어할 타입이라고 믿고 있었는데 필자 눈 앞에 나타난 G씨를 보고 한 눈에 이 사람은 곰 같은 타입을 좋아하는 여성에게는 꽤 인기가 있을 것 같다는 생각이 들었다.

이상적인 남성상을 물어보면 '곰 같은 타입' 이라고 대답하는 여성이 의외로 많다. 조금 지저분하고, 미남형과는 거리가 멀어도 따뜻하고, 포용력이 있고, 요령을 피우지 않는 곰타입이다. 이러한 타입은 의외로 여성에게 인기가 있다.

G씨는 스스로를 그럴리가 없다고 했다. 그러면서 철야를 계속 할 때는 머리도 감지 않을 때도 있고, 세탁물은 빨지 않고 계속 새것을 구입해서 산더미처럼 쌓여 있다고 했다.

하지만 이런 빈틈 있는 남자가 모성본능을 자극한다는 것을, 의외로 남자들은 모르고 있다.

G씨와 깊은 대화를 한 결과 분명히 인기가 없는 것은 아니었다. 서른 살에 전직을 해 지금의 회사로 옮겼는데, 전 회사는 IT관련기업으로 젊은 여성도 많았다. 버블 붕괴의 직격을 맞은 업계로 사원의 이직도 심했다. 남성뿐인 지금의 직장으로 옮기고 나서, 만남이 뚜렷하게 줄었다. 전직 전에는 주위에

여성이 많이 있는 것처럼 착각을 했었는데, 결국은 회사의 동료에 지나지 않았다. 지금도 여자친구는 없다.

인생의 고비마다 여성이 있어서, 뭔가 의논을 하였다면 전직하는 것도 접었을지도 모른다. 지킴이 타입의 인간은 기본적으로 스스로 움직이지 않는다. 상담을 한다고 해도 마음이 안 바뀔지도 모른다. 단지 테니스의 벽치기처럼, 상대가 있으면 자신의 의견을 던져, 자신의 본 마음을 알 수 있을 것이다.

그가 바라는 것은 그런 인생의 파트너라고 했다.

그러면 G씨는 왜 지금까지 인생의 파트너를 만나지 못했을까? 원인은 물론, 외모 때문이 아니다. 결론은 '자기가 마음에 드는 사람에게는 인기가 없고, 자기가 싫어하는 사람에게는 인기가 있다' 라는 것이다.

그는 전혀 이상형과는 거리가 먼, 화려한 여성에게 갑자기 사귀자는 고백을 받은 적이 있다. 유감스럽게도 G씨의 이상형은 번화가 사무실에서 멋지게 근무하는 여성이 아닌 은행이나 오피스 등에서 근무하는 야무진 여사무원이라고 했다.

그는 서른이 지나고 나서는 결혼 상대자가 될 사람하고만 사귀고 싶고 자신을 많이 사랑해 줄 사람과 결혼하고 싶다고 했다. 여지껏 결혼까지 생각했던 사람은 단 한 사람뿐이라고 했다.

서른 살 때쯤, 일년 정도 교제한 세 살 연하인 여성이 있었다. 탄탄한 기업에서 근무했고 야무진 여자였다. 항상 끌리는 여자는 그런 타입이다. 전업주부로 가사에 빈틈이 전혀 없었던 모친의 영향일지도 모르지만 지적이고 도덕적인 여성에게 약하다.

남자에게는 마더 콤플렉스 같은 부분이 있다. 커리어 여성이 좋다. 착실하지 않은 여성은 싫다. 예를 들어 쓰레기를 남편에게 버리게 하며, 늦잠 자는 여자는 싫다. 자신도 일에 최선을 다하며 착실하게 일하는 타입이었다.

그러한 타입의 여성은 모두 견실했다. 그 '결혼까지 생각했던 여성'과도 회사를 옮기는 바람에 어색하게 되어 헤어졌다.

역시 G씨 같은 세대는, 버블 붕괴를 어떻게 넘겼느냐에 따라 결혼과 연애에 많은 영향을 받았다. 다시 말해 어려울 때 함께 할 수 있을 정도의 관계는 되지 못했던 것 같다. 지금에 와서 생각하면 '빨리 헤어진 것이 정답이었다'라고 말하면서, 왠지 만나는 여성들을 그녀와 비교하게 된다고 말했다.

속으로 그는 그녀 이상의 사람이 아니면 결혼할 수 없다고 생각하고 있는지도 모른다.

결혼 안 하는 남자의 가슴에는, 사실은 오랫동안 마음속에 한 여성이 존재하기도 한다. 실연의 후유증을 오랫동안 질질 끄는 것도 여성보다는 남성 쪽이다.

여자는 여러 가지로 바쁘다. 바쁜 여자에게 더 끌리는 것도 남성의 속성이다. 식사 제의를 했을 때 스케줄 바쁘다는 핑계로 거절당해도 남자는 기분 나쁘지 않다.

교제하고 싶은 여성들은 대개 빽빽하게 수첩에 스케줄이 쓰여져 있는 타입이 많다. 젊은 여성들은 교양으로 익혀야 할 일들을 십 년 단위로 지속하고 있다. 친구 중에도 그런 타입이 있는데, 그녀의 스케줄에 유연함이란 어디에도 없다. 일도 사생활도 정확하게 계획을 세우고 있다.

내가 전에 일했던 회사동료로, 외국계 회사에 비서로 열심히 일하고 있는 친구가 있다. 견실하고, 남의 일을 잘 도와주며, 성실하고, 청소도 그에게는 하나의 취미였다. G씨에게 꼭 소개하고 싶었는데, 다음의 말을 듣고 그만 생각을 접어버렸다.

"스물 여덟 살에서 서른 전후의 여자가 좋다."

그들의 목표는 간단하게 자신보다 열 살은 어린 여성이다. 같은 세대인데도 이러니 독신 여성과 남성은 '동지'가 될 수 없다. 내가 알고 있는 독신 여성군단은 모두 연령면에서 볼 때 이미 목표에서 벗어났다. 이런 것부터가 벌써 크게 어긋나고 있다. 더구나 이 나이 차이는 절대로 메울 수 없는 엇갈림이다.

아이는 반드시 낳고 싶다. 그렇게 생각하면, 아무래도 연하를 원하게 된다는 게 G씨 같은 남성의 주된 견해다.

여성에게는 잔혹한 표현이지만, 절실한 문제이다. 이런 면에서 싱글 남성의 잔혹함 동시에 순진함을 볼 수 있다.

남자답기를 원하지만 자신도 모르게 약한 소리를 내거나, 남의 말을 들어주기보다는 자신의 말을 많이 한다. 어리광을 받아주기보다는 부리고 싶은 타입, 본심은 그러한 것을 이해

해줄 여자가 필요하다는 것이다.

열 살 연하로, 엄마처럼 포용력이 있는 사람이 이상이라는 것이다. 여자의 이상도 상당히 제멋대로 이지만, 남자의 이상도 어쨌든 이런 것일지도 모른다.

든든한 기업에서 근무하는 여성들에게 이런 남성 성향에 대해 물어본 결과 그녀들의 자세는 더욱 완고했다. 아무리 좋은 회사에 근무하는 남성과 결혼한다고 해도, 언제 도산될지 실업자가 될지도 모른다. 그렇기 때문에 보다 확실하고 견실한 방향으로 눈을 돌리게 된다.

서른 살 전후의 여성들은 이미 타깃을 또래에서 연하로 정하고 있다. 그럴 것이 마흔 살이 지나면, 이제 리스트가 무섭기 때문이다.

이처럼 결혼하고 싶은 남자와 여자는 엇갈리고 있다.

반대로 'G씨 같은 타입은 전혀 이상형이 아닌 화려한 여성'에게 무너진다면, 결혼할 수도 있을 것이다. 하지만 그러한 일은 일어나지 않을 것이다.

그는 여성에게 약해서 절대로 밀어붙이지 못한다. 여자에게 달라붙거나 강하게 밀어붙이거나 하는 남성은, 벌써 옛날에 결혼했을 것이므로.

2

연애 경험이 없다

Case 02. 연애소질이 부족한 남자 | K씨(37세, 은행계열 싱크탱크 근무)

이상이 항상 높다라는 말을 듣는 K씨가 삼 년간의 해외근무를 마치고 동경으로 돌아왔다.

동경에 돌아보니 우라시마 타로우(浦島太郎 : 거북을 살려 준 덕으로 용궁에서 호화롭게 지내다 돌아와 보니 그동안 세월이 많이 흘러 친척이나 아는 사람은 모두 죽고, 모르는 사람뿐이었다는 동화의 주인공-역주)가 되어 있다. 주위의 동갑내기는 거의 결혼했고, 본사에 싱글은 두 사람뿐이다. 결혼한 친구들을 보면 아저씨 냄새가 났다. 그렇게 보고 싶지 않지만 걸음걸이부터가 달라졌다.

자신도 '결혼 못하는 남자'와는 한 선을 긋고 싶다.

사내의 여성들은 귀엽지만 연령 차이가 많이 나고 소개를 받아도 순간적인 필링은 없다. 애인 없이 지낸 지 경력 십칠 년이다. 다음 전근까지는 정하고 싶은데 어렵겠다는 생각이 들었다.

친구들은 너무 지나치게 고른다고 말하고, 부모는 재촉하고 있다. 여동생이 있는데 이미 결혼했다. K씨는 자신이 결혼하고 싶은 것에는 의문의 여지가 없다고 말했다.

대기업에는 결혼 후보자를 자청한 여사원을 매년 소개해주는 시스템이 있었다. 그러나 불경기로 채용도 줄고, 파견사원만 있다.

언뜻 보기에 화려하게 보여도, 결국은 일반적인 업계다. 모두 결혼도 빠르다. 광고대리점이나 방송국처럼 활기 넘치는 업계와는 다르다. 원래 이공계로 남자뿐인 대학을 다녔으므로, 동급생도 거의가 견실한 업계로 취직을 했다. 입사하고 5년 째부터, 아이의 사진이 붙은 예쁜 글씨체의 연하장이 오고 있다. 해외에 머물러 있던 삼 년 동안에 많은 결혼식에 참석하지 못해 빚을 졌다. 전근에서 돌아 온 초기에는 초조했었는데, 지금에 와서는 그런 마음도 없어졌다.

지금 이 마당에, 모든 게 편하고 자유스럽다.

독신 기숙사는 신쥬쿠(新宿)의 직장 옆에 있다. 도시의 생활은 편리해, 식사는 거의 외식이지만 어쩔 수 없는 경우는 기숙사 식당에서 해결하고 있다. K씨는 직접 커피를 끓이는 정도가 다지만, 특별히 불편한 것은 없다. 대학시절부터 계속해서 부모 곁을 떠나 있었으므로 별로 가정적인 것이 그립다고 생각하지 않았다.

휴일에는 대부분 부족한 잠을 보충하지만, 남는 시간은 반드시 스포츠센터에 다니고 있다. 대학시절은 이공계의 체육 테니스 부였다. 옛날부터 마른 편이고, 남자다운 몸이 되고 싶은 것은 아니지만, 지금은 완전히 아저씨가 된 동기처럼 배가 처지는 게 무섭다. 실험실의 쥐새끼처럼, 러닝머신을 하고 있는 게 그다지 좋지는 않다. 근육을 사용하면 조금이라도 '아저씨화' 에서 멀어지는 듯한 기분이 들지만 그래도 이십대 전반의 사내 테니스 부의 신입회원들이 보면, 자신은 슬슬 현역 아저씨로 보일 것이다.

K씨는 사실 지난 주에 선을 보았다. 상대는 근처에 살고 있는 동경 사람이다. 고향에서도 두세 번 중매로 선을 본 경험이 있지만 유감스럽게도 교제할 마음과는 거리가 멀었다.

이번은 같은 상장기업에 근무하는 일반직의 여성이었다. 느낌도 좋고 지적이다. 특별하게 미인이라고는 할 수 없지만, 얌전하고 청순하게 화장하고 있는 것이 호감이 갔다. 상대는 K씨에게 교제하고 싶다는 회답을 주었다. 그렇지만 거절했다. '조금 더 젊은 여자가 좋지 않을까' 라고 생각했기 때문이다. 그녀는 서른 두 살이었다.

정직하게 전화로 그렇게 이야기했더니 모친은 어쩔 수 없다며 한숨을 쉬고, 결혼한 여동생은 반대로 K씨의 나이를 생각하라고 따끔하게 충고까지 했다.

대개 중매라고 하면, 모양새가 별로라고 K씨는 말했다. 그러면서 아무래도 스스로 찾을 수 없을 것 같다고 했다.

약 10년 전의 부모들의 세대와는 다르다. 중매가 들어와도 왠지 마음이 내키지 않는다. 보통으로 만나서 보통, 연애하고,

그 다음에 결혼하는 것이 가장 좋다.

그렇다고 '독신인 네가 부럽다' 라고 술주정하는 동기처럼 괴로운 처지에 빠지고 싶지 않다.

친구에게는 좋아하는 여성이 있었다. 모임에서 알게 된 모 항공회사의 스튜어디스였다. 그런데 심심풀이 식으로 타성에 젖어 만났던 여자에게 헤어지자고 말하자 그 여자는 임신중이라고 했다. 그래서 울며 겨자 먹기로 결혼 한 뒷얘기를 잘 알고 있다. K씨는 잘된 일인 것 같다.

그렇게 해서 결혼을 하고 벌써 두 아이를 두고 있다. K씨는 '임신' 으로 결혼해야만 하는 바보짓은 안 하겠다고 생각했다.

K씨는 옛날부터 만나고 헤어짐의 반복이 될 정도로 여성에게 빠진 적이 없다. 그렇다고 모임에서 그 동안의 관계를 끊어버리고 돌아가게 한 여성의 숫자를 자랑할 정도 '나쁜 남자' 라고 말할 수도 없다. 애인이 없다고 해도 별로 쓸쓸하지 않으며, 여자에게 실연 당하거나 쫓아다니거나 하는 번거로운 생각을 하는 것보다는 모임에서 함께 했던 선후배나 회사의 동기 남자들과 함께 있는 쪽이 훨씬 편하다. 여자의 눈물은 골칫거리다. 보고 싶지 않고, 오히려 무섭기까지 할 것이다.

그러나 함께 했던 친구들도 모두 차례차례 맞는 상대와 결혼을 했다. 솔직히 말해, 훨씬 형편없는 남자도 결혼을 했다. K 역시 서둘러 타협하거나 중매에 매달리지 않아도 언젠가는 반드시 결혼할 것이 분명하다. 그 때에 가서는, 독신인 후배에게 '이봐, 결혼 같은 건 할 것이 못돼' 라고 술에 취해 주정 같은 건 할 필요 없는 가정을 만들 것이다.

우아하고 청초한 여자를 부인으로 맞이하고, 아이는 한 명이나 두 명이면 족하다. K씨가 상상하는 가정상은 극히 평범하여 도시의 남자라면 누구나 갖고 있을 듯한 것이라고 생각했다. 항상 그러한 장소에 있는 자신을 상상하면, 옆에 있는 앞치마를 두른 여성의 얼굴은 아직 보이지 않았다. 그러나 언젠가 반드시, 거기에 딱 들어맞을 여성이 나타날 것이다.

상처받는 게 싫다

안정적인 대기업에는 이런 싱글 남성이 한 층에 한 사람씩은 있다. 좋은 대학을 나왔고, 스포츠도, 일도 잘한다. '아무개는 왜 독신일까?' 은밀하게 여성들에게 소문이 돌기도 한다. 물론 그 반대로 '독신으로 있는 것이 당연해' 라고 지칭되는 남성도 있지만 말이다.

물론 품행이 나빠서 싱글이라고 할 수는 없다. 그들로부터 나쁜 남자의 냄새는 나지 않는다. 바람둥이 냄새도 그다지 안 난다. 나이를 먹었어도 산뜻하다.

그런 남성이 결혼하려고 하면, 상대는 얼마든지 있을 듯한데, 무엇이 결혼을 방해하고 있는 걸까?

사실 그들은 연애를 하지 않는다.

'가장 길게 교제한 사람이 반년', '옛날부터 상대로부터 고백을 받는 쪽이 많다' 라고 K씨도 말했다. 교제를 시작해도 오래가지 못하고 금방 시들해져버린다.

교제한 사람의 숫자도 적다. 원래 본인이 좋아서 교제한 것이 아니므로, 헤어져도 연연해하지 않는다. 너무 냉정하다고 역으로 비난받는다.

그 대신 큰 다툼이 없는 것은 품성이 완고하기 때문이다.

'좋아하지 않는 여자로부터 설령 교제하자는 제안을 받는다고 해도 그런 관계는 되지 않을 것이다. 그렇지만 본인이 괜찮다고 생각하는 여자에게는 '애인이 있습니다' 라고 거절당하지만. 여동생에게는 자신이 적극적으로 다가가지 않기 때문에 결혼할 수 없다고 비난받는다.

큰 연애 경험은 없다. 그러니 연애의 고통도 피해서 왔다. 그런 서른 여덟 살의 이상적 타입은 어떤 여성일까?

'귀엽고 상냥한 사람이 좋다' 고 했다. 매우 단순하다. 강한 한 여성은 좋아하지 않는다고 했다. 결혼하게 되면 약간의 구속은 어쩔 수 없다고 생각하고 있다. 가사는 세탁 정도는 스스로 할 수도 있지만, 기본적으로 아내가 하길 바란다.

이 정도면 보통이다. 이상의 타입이라고 하는 모 여자 연예인의 용모의 수준을 어느 정도 찾을 수 있을지는 별도로 하고, 지극히 보통 도시의 남성들의 생각이다. 여동생이 있기 때문에 여자의 실태를 모르는 것도 아니다.

'그렇지만 여동생은 어디까지나 여동생이다. 자신으로서는 나름대로 꿈꿔보고 싶은 것이 있지 않습니까' 라고 K씨는 말한다.

한 가지 양보할 수 없는 조건을 덧붙이면, 지금 일이 바빠서, 새벽 한두 시에 퇴근하는 것도 당연하다고 했다. 그러니 잔소리를 안 하는 사람이 좋을 것이다.

그렇다면 직장 여성이 좋은가라고 물었더니 그런 여성은 적당하게 일을 하고 있어 외로워하지 않아서 좋을 것이라고 대답했다.

그들의 이상을 들어보면, 피가 통하고 있는 여성이 아닌 듯한 느낌이 들었다. 부인이 될 사람은 울기도 하고 화도 내고 하는 살아 있는 생물인데 말이다.

연애하는 것으로 단련할 수 있는 것은 '사람과 교제하는 힘' 이라고 생각한다. 사랑의 근육도 단련하지 않으면 쇠퇴하는 것이다. 단거리밖에 뛴 적이 없는 사람이, 갑자기 마라톤에 도전하는 것은 너무 어리석다. 연애에 초심자인 사람이 갑자기 결혼을 고비로, 아주 긴 인간관계에 돌입하는 것은 조금 무서운 느낌이다.

단거리는 서툴어도, 장거리에는 갑자기 재능을 발휘하는 사람도 있으므로 이것만은 알 수 없다. 결과가 보이지 않는 연애에는 바보짓만 해도, 결혼이라는 정해진 관계가 되면, 자신감을 갖고 안정된 연애를 할 수도 있다. 여성에게는 꽤 그런 사람이 많다.

사용하는 근육이 다른 것이다. 연애는 '순발력' 이고 결혼은 '지속력' 이다. 이렇게 생각하면 연애결혼이란 그 모두를 갖춘 것일지도 모른다. 이 두 가지 힘을 단련시켜 놓지 않으면 안 될 것이다.

연애를 하면 좋을 텐데 그들은 연애를 싫어하고 있다. 그 뒤에는 '상처받기 싫다' 라는 내심이 있다.

우선 여자 친구를 사귀는 것부터 시작한다면 어떨까? 여자 형제는 있어도 여자 친구가 없는 사람이 많다. 함께 노는 사람은 남자뿐이다. 세상에는 남과 여밖에 없는데 안타까운 일이다. 물론 식사를 하거나 기회는 있어도, 친구라고 하기보다는 여자로 의식하게 된다.

남자친구와는 다른 시점에서 이것저것 이야기해주는 여자 친구, 예를 들어 결혼한 사람이라면 더 좋을지도 모른다.

'열 살 연하의 여자가 좋다구? 너, 그거 분에 넘치는 이야기야' 든지, '조금 겉보기에는 화려할지 모르지만, 의외로 야무지다. 상대방이 다가오면, 교제해라' 든지, 그런 것을 말해 줄 여자친구가 필요하다.

여자친구가 없는 남성은 여성을 상하로밖에 생각하지 않는다. 결혼해서도 여성을 어머니, 혹은 가정부로 만들어버리는 남자를, 여성은 민감하게 보고 있다.

3

일도 여자도 결정하지 못한다

이유야 어찌 되었든 동갑인 남성에게 '열 살 정도의 연하 여성이 좋다' 라는 말을 듣게 되면 여성은 적으로 돌변해버린다. 그러니 남성은 섣불리 본심을 말하지 않는 게 좋다.

아무리 그렇다고 해도 '나이가 비슷한 여성에게는 매력을 느끼지 못하겠다' 라는 식으로 확실하게 얘기해주는 게 더 좋다고 처음부터 확신 있게 말한 사람이 여기 있다.

M씨는 시내 단독주택에서 홀어머니를 모시고 사는 독신이다.

버블 시기에 떠돌며 지낸 세대에게는, 지금의 세상 바람은 더욱 차게 느껴진다. 그러나 같은 냉랭함을 느끼고 있으면서도 동시대의 남녀들은 서로를 따뜻하게 대하지 못한다.

Case 03. 버블 잔당의 남자 | M씨 (39세, 음식점 코디네이터)

지금 삼십대 후반에서 사십대의 여성들은 스스로를 매우 강하게 보호하고, 방어만을 치고 있다.

이처럼 그의 입에서 나오는 말은, 모두 여성지의 표제어로 삼고 싶을 정도로 날이 서 있다. 일의 성격상 말은 무기가 된다. 무의식적으로 상대가 밀고 들어오는 중심 말을 아로새기게 된다. 지금의 시대, 분명한 절약 시대에 의뢰인을 설득하는 것은 아주 어려운 일이다.

버블 시기 후에, 부분 상장된 식품 회사의 사원에서 독립했다. 버블이 사라진 후에도, 옛날만큼 화려함은 없지만 일은 있다. 일의 성격상 새로운 레스토랑의 오프닝에는 반드시 초대되어, 화려한 여성들과 만난다. 셀러리맨인 친구들한테도 부러움을 살만한 입장이다.

'결혼 이외의 자신의 욕망에, 지금까지도 충실했던 것은 아니다. 정상이었다면, 초등학생 정도의 아이가 있고, 과장 정도의 불가피한 셀러리맨 인생이다. 고위험에 높은 배당금처럼 삶이 좋다고 생각하며 살았지만 지금은 위험이 너무 커서, 많은 긴장을 하게 된다. 문득 평범한 월급쟁이가 좋았을까 하는 생각을 하면 금방 무너진다. 버틸 수가 없다.

안정된 셀러리맨 인생을 스스로 그만 둔 것은, 버블 시기가 끝날 무렵이다. 부친은 장인으로 와이셔츠와 넥타이와는 인연이 없는 인생이었다. M씨는 좋은 대학을 졸업한 후 일류기업에 입사해 와이셔츠와 넥타이를 맨 인생을 보낼 터였다. 그러나 버블 경제 시기에 보통의 셀러리맨 인생의 범위에서 조금 밀려나오고 말았다. 사내 공모의 신규 비즈니스 모델이 당선

되어, 화려하게 잡지에 실리게 된 것이 계기였다. 호기심도 출세욕도 왕성하여 회사 이외의 인맥도 많이 만들었다. 은밀한 부업에서의 수입은 연봉보다 많았다.

월요일에서 금요일까지 전부 약속이 있었고, 세미나의 강사를 하고 있었으므로, 보통 사람은 만날 수도 없는 사람도 많이 만났다. 유흥가에서 먹고 마시기도 하고, 개인사업자의 기분도 맛보았다. 이제 평범하게 되돌아갈 수 없고, 되돌아와 줄 만한 여자와도 만나지 못했다. 돈은 여자가 아닌, 인맥이나 다른 놀이에 사용해버렸다.

이렇게 말하는 그는 결국 '와이셔츠, 넥타이' 인생도 그렇게 멋진 것이라고는 생각하지 않게 되었다. 일류기업을 그만두고 독립한 컨설턴트로서 기업과 계약하게 되었다.

'나쁘다고 생각되는 것은 전부 잘라 버리고 왔다. 선택의 여지가 많았고, 많은 선택의 여지를 갖는 것이 행복이라 생각하고 왔는데 정말로 그런 것이 좋았을까 하는 의문도 들었다. 여자도 그렇고, 일도 그렇고, 인생을 결정지을 수가 없다. 모라토리움(moratorium)인가, 결국……'

버블이 사라지고 남은 것은 '사람'이다. A회사의 한 특정인이 아닌, 브랜드를 버리고 나서도 변함없이 만나 준 인간관계가 재산의 모두이다. 지금은 좋은 인간관계 안에 있다. 자신의 밑바탕은 인간관계라고 자신 있게 말할 수 있다.

지금은 아는 사람의 마케팅 관련의 사무실에 자리를 잡고 있다. 그러나 고용된 사원과는 다르다. 개인이 독립적으로 일하는 집단이다. 항상 헤엄치고 있지 않으면 빠져버리고 만다. 일류기업에 등을 돌리고 나서 계속 그런 날들의 연속이었다.

"세상이 어렵게 되어, 해가 거듭할수록 더 힘이 든다. 인생의 반려자는 바라고는 있어도, 지금은 실패하면 안 되는 중요한 시기이다. 이제부터 한 번 더 승부를 걸지 않으면 안 되는 시기이므로, 점점 부인이나 아이를 책임질 여유도 없어졌다."

M씨는 혼자서 이야기를 진행하며, 계속해서 결론으로 갖고 가려고 했다. 항상 지껄이고 있지 않으면 견딜 수 없는 도시 속의 사람을 연출하는 영화 속의 우디 알렌을 생각나게 했다.

"솔직히 이 나이가 되었어도 결혼이란 알 수 없다. 상대를 결혼이나 아이의 틀로 잡을 수 있는 거라면 알겠다. 겐지모노가타리(源氏物語: 헤이안(平安)시대의 궁중 생활을 묘사한 장편 소설의 하나, 헤이안 중기의 여류 문학자가 지음, 54권으로 되어 있다-역주)의 세계는 남자의 꿈이다. 남자는 좋아하는 여자를 도둑맞지 않도록 묶어두고 싶다. 단지 그렇게 하고 싶어도 젊은애들은 '만나서 반가웠어요' 라며 사라진다. 굉장히 플러스알파인 여성으로, 될 수 있으면 1+1=3으로 될 것 같은 여성이 좋다. 이 쪽이 영향을 받아 변화지 않으면 안 될 듯한 사람으로 말이다."

최근에 M은 필자에게 메일을 보내왔다. 매력적이라고 생각되는 여성은 항상 진행형이다. 그런 여성은 좀처럼 묶어둘 수가 없다. 최근에는 현실에 대처하기에도 피곤하고 아드레날린도 좀처럼 생성되지 않아서 미친듯 여성의 꽁무니를 따라 다니는 것도 확실히 줄었다고 했다.

베짱이의 살림은 없어졌다

그의 이야기를 듣고 있으면, 이솝 우화의 '개미와 베짱이'가 생각난다.

베짱이의 인생이란 참으로 괜찮다고 생각해 왔는데, 근면한 개미 쪽이 사실은 좋았지 않았나 하고 흔들리고 있다. 그러나 개미도 베짱이도 지금은 모두 홍수가 나서 떠내려 갈 듯한 상태이다. 쌓아 올린 개미의 집도 점점 물이 들어와 무너질 듯하다. 한편, 나뭇잎에 매달려 떠내려가고 있는 베짱이도, 도대체 어디로 가는걸까? 앞은 보이지 않는다.

"사실은, 갑옷도 경계선도 모두 벗어버리고, 서로 만나고 싶다. 그것이 안 되는 안타까움일까? 갈림길이다. 한두 해가 가고 있다. 결혼도 일도 모두 옛날 그대로는 안 된다."

지금까지 정석으로 살아왔다. 결혼도 인생 중 과정의 하나로 무의식적으로 눈을 돌려 왔는지도 모른다. 지금은 편하게 사는 인생이 부럽다. 여유도 시간도 연애에 빠질 힘도 없어진 지금이야말로, 혼자서 끌고 온 인생의 설계도를 실현하기 위한 파트너가 필요하다고 생각한다.

"여러 가지를 떨쳐버리고, 심플하게 되어, 확 연소할 듯한 연애에 빠지는 수밖에 없겠죠. 그렇다고 특별히 누구라도 좋으니 결혼하고 싶다는 것은 아니지만."

헤어질 때 그는 이렇게 말했다.

그렇지만, 이성과 본능은 다르다. 갑자기 엄청나게 나이 차이가 나는 여자와 결혼해서, 예순 살 정도가 되어, 부인과 나이 차이로 고생할지도 모른다.

이성과 본능, 그 경계선에서 갈팡질팡하는 것이야말로, 결혼 못하는 남자의 본심일지도 모른다.

4

여성에게 인기 있는 남성

여성에게 인기가 있다는 것은 남성의 인생에 있어서 어느 정도 의미가 있는 걸까.

남성지의 특집 기사를 보면 주로 '어떻게 많은 여성을 차버릴까' 가 주제고, 그것에 비해 여성지는 '어떻게 한 사람의 마음을 사로잡을까' 가 주제로 되어 있다.

결국 남성은 보다 많은 여성과 교제하고 싶다. 쉽게 말하면 '갖고 놀고 싶다' 는 뜻이고, 여성은 고르고 고른 단 한 사람의 남성을 '차버리고 싶다' 라는 뜻이다.

인간은 욕심쟁이로 많은 것을 바란다. 돈이 필요하다든지, 좋은 집에 살고 싶다든지, 그이 그녀가 필요하다든지. 여성에게 인기 있는 남성은 여성이 기대하는 많은 부분을 벌써 달성하고 있다. 반대로 남성에게 인기 있는 여자는 의외로, 그것을 솔직히 기뻐할 수만은 없다. 친구 중에 질릴 정도로 남성에게 인기 있는 여성이 있었는데 그녀는 단 한 남성을 기다리며, 지금도 싱글이다.

Case 04. 인기 있는 남자 | Y씨 (40세, 공무원)

알고 있는 남성 중에서 가장 인기가 있는 남자라고 하면, 분명 그 일 것이다. 버블 시기의 화려할 때, 자주 함께 술집에서 논 친구인데, 그는 매우 인기가 있었다.

오래간만에 만난 그는 물론 나이에 걸맞게 자리가 잡혀서 차분하게 보여 더욱 멋있었다. 변함없이, 교제하는 여성에게서도 자유로울 것이다.

당시 여성 친구들 중에, 결혼 안 한 사람이 많았다. 남성은 거의가 여러 형태로 결혼을 했는데 그만이 싱글이었다. 여자로부터 자유로운 남성은 재빠르게 가정을 완벽하게 지키는 여성과 결혼하고, 밖에서는 변함없이 놀기도 잘한다. 결혼했다고 해서, 여성과 인연이 없어지는 것은 아니다.

'왜 아직 결혼 안 했지?' 라는 간단한 질문에 '너무 인기가 있어서 결정할 수가 없었다' 라는 대답이 아니었다.

그는 다음과 같이 덧붙였다.

"이봐, 나를 굉장히 논다고 생각하지. 나는 옛날부터 그냥 같이 노는 아이와 착실하게 교제할 아이는 정확하게 나누는 타입이었어. 애인으로 착실하지 않다는 것, 있을 수 없지."

그렇다고 해도, 그때 그와 만났던 여성들은 그림처럼 화려한 싱글들이었다. 당연히 요란한 소문도 많았고, 여자배우하고 교제하고 있다는 이야기도 있고, 당시 살고 있던 미나미아오야마(南靑山)의 고급 맨션이 연상인 여성의 소유물이라는 소문도 있었다.

역시 자유롭기 때문일까. 혼자 있는 것이 자유롭다. 십 년 사이에 이사를 세 번 했다. 회사에서 가까운 장소만을 골라서 사는 곳 하나만을 보아도, 이것이 결혼해 사는 장소라면, 그렇게는 안 될지도 모른다. 청소, 세탁은 자신이 하면 되고, 식사는 외식이었다.

커피 메이커만 사용하는 생활은 여전한 듯하다. 24시간 편의점 때문에 도시의 싱글에게는 거의 불편함이 없다. 도시가 텅텅 비는 구미의 연말에 비해, 동경에서의 외로움은 거의 없어졌다.

애인이 있을 때는 가사를 해 주는 사람도 있고, 안 해도 잔소리는 하지 않는다.

결혼을 생각했던 적은 네 번 정도 있다고 했다. 이십대에 한 번, 삼십대에 세 번이다. 교제하면 삼 년 정도는 지속된다. 결혼 이야기를 꺼내는 것은, 어느 쪽이 먼저라고 할 수 없다. 왠지 모르게 '결혼할까' 하는 분위기가 되었다.

솔직히, 그와 같은 남성이 결혼까지 생각하고, 지금까지 여성에게 잡히지 않았다는 것은 납득이 잘 가지 않았다.

채인 적도 있고, 이쪽에서 그만 둘 때도 있다고 했다.

무엇이 문제일까? 막상 결혼하려고 하면 견해가 다르다. 사소한 것임에도 불구하고, 상대도 자신도 그냥 넘어가려 하지 않는다. 예를 들면, 사는 장소가 자신은 편리한 장소면 다소 좁아도 괜찮은데, 상대는 아이를 키우려면 환경이 좋은 곳이 좋다든지, 아이는 두 명이 좋다든지, 한 명으로 족하다든지 등의 차이다.

제법 까다롭게 구체화하는 타입이다. 상대에 대한 배려가 없다.

결혼해서도 아니다 싶으면 헤어지면 된다라고 생각할 수도 있다. 하지만 이혼 같은 것은 생각하지 않는 편이다. 화려한 업계이므로, 사내에서도 이혼경험자는 많다. 표면밖에 몰랐던 그의 진중한 일면이 보였다.

사실은 금년, 아니면 내년에는 결혼하고 싶다고 했다.

그것을 넘기면, 또 혼자가 역시 좋다라고 생각할지도 모른다. 앞으로, 회사가 어렵게 될 것은 기정 사실이고, 자신도 절대로 위험부담을 줄여야 한다고 했다.

지금까지 즐거웠던 것은 예를 들어 하는 일, 많은 동호회든지, 긴자의 클럽이든지, 이제는 그 무엇을 해도 전혀 즐겁지 않다. 사치라고 하면 사치스러운 고민이겠지만 말이다.

결혼해서, 부인과 함께 밖에서 보내는 것도 효율적이지 못하다. 그러한 여유가 있으면, 아이들과 노는 게 낫다고 했다.

점쟁이에게 자신을 물어보면 가정적인 사람이라고 단정지었다고 했다. 하지만 자신은 굉장히 변덕스럽다고 여기고 있다. 엉망이 되도록 놀고 나면, 철인 3종경기 같은 과격한 운동이나, 공부라든가, 금욕적인 것이 하고 싶어지며, 타고난 재주로 그 어느 쪽이든 소화시킬 수 있고 장담했다. 철학적이고 지적인 자신에게 싫증이 나서 목표를 달성하면 또 경박스러워지고 싶다.

결혼은 수행이라고 생각한다. 사람으로서 통과하지 않으면 안 되는 길이라고 할까. 서른 다섯, 여섯 정도부터 그렇게 생각하기 시작했다. 인류가 등장하고부터 그 기간이 일년이라면 일본에 결혼제도가 들어오고 나서는 그 안에 셀 수가 없을 정도로 무수한 시간이 흘렀다. 그러므로 '왜 안 하면 안 되는 걸까?' 라고 묻는 것은 무의미하다. 남자와 여자는 당연히 DNA부터가 다르다. 괴로울 때도 아플 때도 그 두 사람이 같은 지붕 아래서 살아가야 한다. 어떻게 극복해 갈까가 큰 시련이다.

혼자가 외롭다든지, 진심을 이야기할 수 있는 사람이 필요하다든지, 그러한 것으로 결혼하는 사람이 있지만 그것은 틀렸다고 생각한다. 독신의 편안함보다 더 좋은 것은 없지만, 사람으로서 그것만으로 좋은 건가 생각하게 된다.

일생 안락한 인생을 보내고, 노후도 혼자서 그럭저럭 쓸만한 돈도 있고, 그런 삶이면 족할까. 그렇게 사는 게 맞는 사람은 혼자서도 그럭저럭 행복하게 끝낼지도 모른다.

함께 놀던 시기, 서로 남자와 여자로서 의식하고 있던 시기에는 이런 이야기를 할 수 없었다. 서로 나이를 먹었다는 것일까, 언제까지나 완전한 성인이 될 수 없었던 것에서 이제 조금은 성인이 되었다는 걸까.

그런데 지금 교제하고 있는 사람이 있냐고 물었더니 갑자기 대화가 모호하게 되었다.

아무튼 이 사람 주위에는 여성이 끊이지 않았다.

있다고 생각하면 있고, 없다고 생각하면 없다가 그의 대답이었다. 이런 유형의 싱글 남성은 대개 같은 반응을 한다. 확실하게 있다고 말하는 사람은 없다. 그들은 애인과 굉장히 미묘한 거리에 있다.

'아니, 사실은 지금은 없다.' 결혼하려고 생각하고 있는 사람은 있었다. 그러나 그녀가 지금은 결혼하고 싶지 않다고 한다. 결론이 나지 않아 일시적인 냉각기간을 두고 시간을 갖는 중이다. 그러나 그 사이에도 그의 경우 완전히 혼자의 몸이라고 할 수 없기 때문에 모호하다.

애인의 나이를 묻자 열두 살 연하라고 했다. '과연이라고 해야 할까, 브르터스 너마저도' 라고 할까? 이 나이 때의 남성이라면 누구나 바라는 열 살 이상의 연하의 애인을 확실하게 찾고 있는 중이다. 과연 인기 있는 남자이다.

그러나 이 정도의 여성 경험이 있어도, 역시 최종적으로 원하는 것은 젊은 여성이라는 것이다.

연령이 다르면, 인생의 무대도 다르며 지금의 그녀는 유학가고 싶다고 했다.

나중에 보통 주부가 꿈이며 두 자녀가 있어야 하는 그의 연인은 지금 싱글일 때 어떻게 해서라도 유학을 가고 싶다고 했다.

약은 여성이 아닌가 하고 물었지만 제법 성실한 아이라고 했다. 애인이라기보다 여동생 같고 결혼하고 나서 혼자 유학을 가도 좋고, 이 년을 기다릴 수 있다고 했다.

속으로 '인기 좋은 남자, 열 두 살 연하인 여성에게 빠지다'로 가만히 제목을 붙여 보았다.

실제로 이 년 지나면 서로 상황이 변할 것이다. 이 쪽도 이 년 기다리는 상황이다. 아마 그 이 년 사이에, 또 미묘한 보폭으로 거리를 두고 여러 여성과 관계할 것이라는 것을 자신도 잘 알고 있다.

'한 사람'을 굳이 선택하는 '두 사람'

'결혼은 시련' '결혼은 통과하지 않으면 안 되는 길'이라는 말은 참으로 재미없는 표현이다. 독신으로 다양한 여성과 잘 지내고 있는 남성을 잘 알고 있다.

그는 여자들의 결혼에 대해 현실적으로 가까운 곳에 있다.

지금의 시대, 결혼이란 일부러 사서까지 하는 고생일까?

지긋한 나이까지 독신으로, 게다가 자신의 일만을 생각하면서 살아 온 사람에게 결혼은 '시련'이고, 좋게 말하면 '신선한 미지의 체험'의 기회다. 전혀 모르는 타인이었던 사람과 밤낮으로 한지붕 아래서 지낸다. 사실혼이 아닌, 같은 호적에 입적한다. 전통적인 결혼의 모습이다. 그러면서 굉장한 제도이다. 이것만큼 자신 이외의 사람과 신중하게 연결되는 기회도 없다. 연애와는 또 다른 의미이다.

나 자신, 결혼해서 많이 성장했다고는 자신있게 말할 수 없지만, 이 미지의 체험을 한 것만으로 충분하고, 결혼하길 잘했다라고 생각하고 있다.

결혼은 철인3종 경기보다 도전적인 보람이 있다. 인생의 인내를 요구하는 것이다. 이것이 Y씨가 발견한 '결혼' 이다.

자신 안에 결핍 된 것, 채울 수 없는 것을 누군가에게 채워달래기 위해 결혼하는 것은 너무 낙관적인 기대일까? 적어도 굉장히 위험한 것이다.

혼자가 외롭고 그러니 누군가가 그립고 그래서 결혼한다면 위험한 일이라는 것이다.

인기가 많은 남자인 Y씨는 홀몸만큼 기분 좋은 것은 없다고 말하면서도 굳이 결혼에 발을 들여놓으려 한다.

작가 에구니 가오리(江國香織)의 에세이 안에 '가족도 있고, 친구도 있고, 그 안에서 고독을 즐긴다고 하는 것은 사치이다' 라는 문구가 있다.

결혼생활을 하고 있으면서도 독신의 편안함을 알고 있다. 그것을 놓을 수 없다. 그것은 최고의 사치일지도 모른다.

'한 사람' 과 '한 사람' 이 결혼해서 '두 사람' 이 된다. '한 사람' 으로서 그것을 선택한다. '독신' 의 편안함을 알아버린 사람은 결혼해서도 '혼자' 의 영역을 반드시 갖고 있다. 그리고 '혼자' 를 알고 난 후 알게 되는 것은 현실 속에서 인간은 결코 '혼자' 서는 살아 갈 수 없다는 것이다.

마음도 몸도 사람에게 영향받지 않고 살아 갈 수는 없다.

'혼자' 를 알고 처음으로 '사람과의 관계' 가 번거롭고, 그리고 사랑스러운 것이라고 생각되었다. 그런 전환점이 반드시 우리들의 세대에서는 마흔 살 전후일지도 모른다. 마흔 살은 이제 '불혹'이 아니다.

5

백년해로인 줄 알았는데……

선을 여러 번 본 적이 있는 딸이 어느 날 다음과 같이 말한다고 가정하자.

"한 번 이혼한 사람이 더 좋을까? 적어도 한 여자가 그 남자와 결혼하고 싶다고 생각한 한 때가 있었잖아."

딸이 그런 것을 생각하고 있는지 전혀 모르고, 부모 쪽은 초혼인 딸에게 한 번 이혼한 사람의 이야기를 한다고 야단을 칠 것이다.

지금, 일본의 이혼율은 열 쌍 중 한 쌍이다. 미국의 5퍼센트까지는 아직 이르지 않았지만 이혼율의 증가가 확실하게 눈에 띄고 있다. 사랑하게 된 남자가 이혼경력의 소유자일 수 있고, 싱글여성 중에도 이혼 경험자가 있을 수 있다.

이혼한 남성에게 있어서, 재혼이란 어떠한 것일까? 더이상 결혼에는 신물이 난다고 말하지 않는 것은 그만큼 재혼할 의지가 있는 사람이 많다는 것일거다. 결혼경력이 있는 남성은 결혼경력이 없는 남성보다 재혼도 빨리한다.

아무튼 결혼경력이 있는 남자가 여자에게 꽤 매력적이고 마음에 드는 존재가 되어버린 셈이다.

Case 05. 이혼 경험이 있는 남자 | S씨 (40세, 광고대리점 근무)

이혼 경력이 남자를 매력적으로 보이게 하는 경우도 있다.

S씨는 엘리트로, 소극적이지만 외모는 귀공자 타입으로 인상이 좋다. 이렇게 외모가 매력적이다 보니 항상 여성에게 인기가 많았다.

S씨는 인기가 많음에도 매우 침착했는데 아니나다를까 그는 한번 이혼한 경험이 있다고 했다. 우선 여성에게 함부로 대하지 않는 것은 기본이고 늘, 한발 뒤로 물러서 여성을 접했다. 또한 여성이 그를 몹시 귀찮게 해도 좀처럼 화를 내지 않았다.

이런 S씨는 스물 여섯 살부터 서른 세 살까지, 칠 년 간 결혼생활을 했다. 그가 집을 나온 시기는 추운 12월이라고 했다. 이혼한 남성이 모두 그렇듯이 그도 민감한 날짜를 정확하게 기억했다. 그러면서 그는 이혼신고도 아내가 외국에 나가 있는 사이에 직접했고, 그 후론 더이상 만나지 않았다고 회상했다.

필자는, 아이가 없어서 그럴 수도 있겠다싶었지만 그래도 한때 부부였는데 한 번도 만나지 않고 소식도 모른다고 하는 것에 조금 놀랐다. 감정을 노출하지 않는 S씨의 한 면을 본 듯한 느낌이다.

말 그대로 그림 같은 DINKS족 생활이었다. 그들은 서로 같은 동네 친구로 성장하면서, 자연스럽게 만남이 이어지고 열열하게 연애해 순조롭게 결혼했다.

"여자는 한 번 결정하면 강하다. 설득했지만, 끄떡도 하지 않았다. 이혼 이야기가 나오고 나서 한 달도 안 되었다. 아니, 자신이 이혼을 한다는 건, 꿈에서도 생각하지 않았다. 결혼하면 백년해로하는 것을 당연하게 생각하고 있었기 때문이다."

S씨는 아쉬워하면서 담담히 말했다.

S씨의 이혼 원인은 지금으로서는 놀랄 만한 것도 아니다. 신혼여행 때부터 부인과 성관계가 원만하지 않았다. 당시는 ED(발기부전)이라는 말조차도 몰랐고 그런 사실을 누구와도 상담할 수 없었다. 그러면서 S씨는 그녀가 자신을 오해했을 거라고 말했다.

여성 입장에서 보면 그렇게 추측할 수도 있다. 여성은 마음과 육체를 분리해서 생각하지 않는다.

실제의 부부생활이 없어도, 대부분의 남성이 서툴고 어색하지만 애정을 나타내는 말이나 행위, 스킨십이 있으면 그나마 부부사이는 이어질 수 있다.

그러나 막상 이러한 문제가 생기면 대화하는 것조차 안 되는 것이 대부분의 부부이다. 더군다나 부부가 함께 상담치료를 한다는 것은 꿈같은 이야기다. 그러니 친구에게조차 상담할 수 없었다는 S씨의 갈등도 당연하다.

S씨는 서로가 중요하게 생각하는 부분이 달랐다고 했다. 다

소 그렇더라도 '지속될 것' 이라고 생각하고 있던 남자와 반대로 다른 사람이 생겼을 거라고 생각한 여자의 엇갈림이다.

서로 소원했던 성관계를 두고 표면적으로 탓하지도 않았고 경제적으로, 혹은 아이문제로도 다툰 일도 없고, 가끔 해외여행까지 함께하는 보기좋은 가정이었다. 하지만 지금 S씨는 이혼후 본가를 돌아와 모친과 함께 생활의 불편함 없이 자연스럽게 살고 있다.

내 아이가 아니어도 좋다

재혼 문제로 지금의 재혼하는 심정과 새배우자에 대해서 물었다.

새로 만난지 일 년이 되었다. 처음부터 재혼을 염두해두고 시작했냐고 묻자 아니라고 했다. 그들은 처음에는 그냥 애인으로 시작했다.

S씨 같은 독신 남성은 앞에서도 말했지만 대개 그렇다. 애인 있냐고 물으면 있는 것 같기도 하고 없는 것 같기도 하다고 애매하게 대답했다. 그러면서 정작 대답은 애인처럼 했다.

최근에 그는 그의 부친상을 당했다. 처음으로 가족구성원에 변화가 있었다고 말했다. 가족의 중요함, 앞으로의 일 등을 서로 정면으로 생각하기 시작했다.

"그녀는 결혼상대로서는 좋은 여자이다. 나이 차이도 그렇게 많이 나지 않고, 일도 성실하게 하고 야무지다. 그러나 정말로 좋아하고 있는지를 모르겠다. 한창 결혼이나 가족에 대해 생각하고 있을 시기에 만난 사람이므로 자연히 결혼을 생각하게 하는 상대였다. 그런데 뭔가 걸리는 기분이다." 그는 재혼 상대를 이렇게 말했다.

평소의 연애 모습과는 다르다. 보통은 좀더 뜨거울 것이다. 그 대신 자극적인 교제기간은 길지 않을 것이다. 전 같으면 야한 생각을 하기도 했지만 지금의 그녀와는 그런 생각은 들지 않는다. 부친이 돌아가시고 반 년 정도는 적극적으로 결혼을 생각했지만 지금은 그런 감정도 식어버렸다. 어느 정도 자유가 몸에 배었다. 그러나 한편, 이대로 간다면 언젠가 외로워질지도 모른다. 지금 모친은 건강한 편이지만 머지않아 내가 돌봐주지 않으면 안 될 것이다. 장남이므로 자손도 생각하게 되었다.

결국, 우유부단한 남자다. 대지진이나 큰 사고 같은 어쩔 수 없는 상황이 아니면, 결단이 서지 않는다. 재혼할 그녀와 다시 아이를 낳을까 했지만 그녀가 원하지 않았다.

S씨가 필자의 친구라면, 과감하게 임신하라고 충고해주고 싶다.

그는 승진해서 프로젝트의 리더가 된 지 얼마 안 된다. 어려운 환경에 책임자로서의 정신적 압박감으로, 차분하게 재혼을 생각할 때가 아니라는 것이 지금의 상황이다. 결국, 그녀와의 재결합도 흐지부지한 상태이다.

한 번 경험해서 고통스러움을 알기 때문에, 이런 압박 속에서, 재혼을 생각할 마음의 여유가 없다는 것이 그의 말이다.

시간도 정신적으로도 여유가 없다. 지금의 시대, 삼십대가 지나면 물리적으로도 결혼이라는 것 자체가 무의미해지는 것도 사실인듯하다.

독신생활의 기간이 길었던 사람은 왠지 결혼하면 부인 한 사람밖에 모르는 유형이 많다.

필자는 S씨에게 짓궂게 물었다.

"아이가 있는 여성과 초혼인 여성 중 어느 쪽을 선택하겠는가?"

그는 대답할 수가 없다고 했다.

Case 06 . 정말 알 수 없는 남자 | O씨 (45세, 편집자)

O씨는 19년간 결혼생활을 유지하다가 어느날 부인에게 이혼통보를 받은 경우다.

O씨는 동갑내기 부인에게 인감도장을 찍은 이혼신고서를 건네주었다. 앞의 S씨와 똑같이, O씨도 부인이 이혼문제를 끄집어 낸 날짜를 정확하게 기억하고 있었다. 남자 쪽에서는 충격적이었고, 예상하지 않았던 일이었다. 그러나 부인은 몇 번이고 생각하고, 고심한 끝에 내린 결정일 것이다. 여자 쪽에서 이혼을 끄집어 낼 때는 이미 그것은 뒤집을 수 없는 결정사안이 된다.

O씨는 다음과 같이 말했다.

"부인이 나가버린 이유는 모른다. 일본 속담에 여자와 헤어질 때는, 다다미의 한 올씩 헤어져 간다는 말이 있다. 일 미리씩 풀린다고 해도 십구 년 걸려서 헤진 셈이다."

그들은 처음에 멋지게 살았을 것이다. 스물 아홉 살에 맨션을 사고, 돈도 있었고, 거실에는 관엽식물을 기르고 재즈가 흘러나올듯한 집이었을 것이다.

O씨는 출판사를 그만두고 프리랜서로 일했다. 부인도 공무원으로 착실하게 일을 하는 금실 좋은 부부였을 것이다.

돌이켜보건데 그는 아내가 서서히 경고 신호를 보냈다고 했다. 다만 그가 눈치채지 못했을 뿐이라고 덧붙였다.

O씨는 지금 이혼의 이유를 뼈저리게 알고 있다. 많이 마시던 술을 끊었다. 운동도 열심히 하고 있다.

지금은 다른 여성과 식사 정도의 자리는 하지만 그 이상은 원하지 않는다고 했다. 그리고 이상하게 마음에 드는 여자는 헤어진 부인과 같은 타입의 여성이다. 재혼은 생각하지 않지만 짐작컨데 부인을 기다리고 있는 것 같았다.

그는 부인이 어디서 살고 있는지 모르는 편이 낫다고 했다. 안다면 술이 취해서 찾아갈까봐 일부러 알려고 하지 않는다고 했다.

그는 부인과는 가장 즐거운 시기를 함께 보냈다. 아이는 안 낳기로 둘이서 합의해서 결정했었다.

"그녀가 재혼을 한다거나 죽지 않는 한 한 번의 이혼으로 만족한다. 하지만 그녀는 이제 아이를 낳지 못할 수도 있다. 나도 아이를 낳고 즐겁게 노후를 맞을 수는 없다."

그는 쓸쓸히 말했다.

"이제부터는 현실적으로 노후문제가 걱정이 된다. 혼자서 객사할 수도 있다. 이제는 몸을 단련시키고, 좋아하는 일을 하고, 담담하게 살아가야겠다. 아무튼 다시 일어날 것이다." 그의 다짐이었다.

필자는 O씨와 인터뷰를 마치고 여러 가지를 생각했다.

"여성과 남성은 똑같이 독신이라도 같은 팀은 아니다."

여성작가가 쓴 것을 읽은 적이 있다. 문제는 아이다. 여성과 남성은 자신의 아이를 가질 수 있는 연령의 한계가 다르다. 물론, 과학의 진보에 의해 여러 기술혁신이 있지만 무엇보다도 금전적인 면에서, 건강 면에서나 한계를 끌어올리는 것은 어렵다.

O씨는 정확하게 그것을 알고 있었다.

지금까지 인터뷰한 남성으로, 여성의 신체적인 한계를 생각해 준 것은 그가 처음이다. 가장 즐거웠던 시대를 함께 살아온 사람들이다.

그가 얼마나 나쁜 남편이었다고 해도, 얼마나 부인이 힘들어 했다고 해도 서로 용서할 수 없는 것일까?

지금 그는 다다미의 올을 일 미리씩 원래대로 되돌리는 노력을 하고 있다.

이혼을 들먹이다

이혼한 남성들은 연령과 상관없이 노후와 아이, 부모 문제를 현실적으로 안고 있다. 결혼이라는 것에 부수적으로 따르는 여러 가지의 생활의 국면에 관해서 나름대로 견디고 그러면서 힘들어했다. 더불어 이혼이라는 경험은 또 다른 미지의 부분을 알게 한다.

여성은 이혼한 남성에게 호감을 갖는다. 반면에 이혼한 여성은 남성으로부터 실패한 사람으로 취급받기도 한다. 그러다보니 오히려, 두 사람은 생활하는 요령을 알고 있다.

일에 있어서 여성의 시각에는 항상 가정의 문제가 들어 있다. 반면 남성은 결혼했을 경우에도 더 한층 가정을 자신의 필드 밖으로 취하기 쉽다. 그리고 이혼이라는 쓰라린 고통을 경험하고 처음으로 일 이외의 인생의 국면, 자신 이외에 가족문제에 눈을 돌린다.

예를 든 두 남성 모두 부인이 이혼을 생각하고 있는 동안에 그것을 눈치채지 못했다. 부인이 하루하루 위기신호를 묵인하는 것은 이혼신고서의 공란을 한 자씩 채워 가는 것과 같다. 가능한 부인이 최후의 통첩을 꺼내기 전에 눈을 돌렸으면 좋았을 텐데 말이다.

그 최후의 통첩이 얼마나 남편에게 느닷없는 일이었던가는는 그 두 사람 모두 그 날짜를 정확하게 기억하고 있다는 것으로 알 수 있다. 그리고 지금까지 전 부인과 전혀 교류가 없는 것에서도 말이다. '객사' 라는 표현을 쓴 사람은 O씨인데 그것은 그가 인터뷰한 독신 중에서 가장 나이가 많았기 때문인 것 같다.

〈싱글 라이프〉의 저자로 유명한 독신자, 에비사 카무는 1986년에 〈싱글 라이프〉를 출판했을 때 독자의 반응은 거의 여성에서 나온 것이었다고 했다. 설령 기혼여성이라도, 남편과 사별한 후에 싱글로 보낼 것을 확실하게 자각하고 있기 때문이다.

이혼이라는 충격을 받지 않았다면 O씨는 분명히 '객사' 같은 것은 생각하지 않았을 것이다. 결혼만 하면 객사 같은 것은 하지 않을 것이라고 남성들은 확신하고 있다. 만약 독신으로 산다면 쓸쓸하게 죽어갈 것이라고 생각하고 있다.

하지만 여성은 결혼을 했다고 해도 남편이 자신의 최후를 책임져 주리라고 생각하지 않는다. 이 또한 여성들은 당연하게 자각하고 있다.

지금의 시대, 그것도 상당히 불확정적이지만 만약 여성이 달리 의지할 수 있는 곳이 있다면 남편이 아닌, 자녀일 것이다.

될 수 있으면 'SMAP의 비디오에 둘러싸여 노파 고독사' 라는 것만은 피하고 싶은 생각이지만, 자녀가 없는 나로서도 분명 그렇게 되지 않을까 걱정할 정도는 아니지만, 머리 한 편으론 생각하고 있다.

6

'결혼정보회사' 에 몰려드는 남자들

선택하는 입장에서 선택받는 입장

예전에는 절실하게 결혼을 필요로 하는 것은 여성 쪽이었다. 여성에게 있어서 결혼은 아직 '일생을 먹여 살려 주는 것'이고, '인생의 전환' 의 기회이기도 했다. 한편, 남성에게 있어서 '결혼' 은 어디까지나 인생의 일부였다. 또한 부잣집 데릴사위로 들어가 처가의 상속자가 되기 위해 퇴직하는 남성 경우도 지극히 드문일이었다. 결혼에 의해서 일이나 사는 곳이나 삶의 방식에 큰 전환을 꽤하는 것도 없었다. 결혼을 초조해하는 것은 여성이고 남성은 의연한 태도를 보인 경우도 있다.

그런데 이제 여성 스스로가 취업기회를 얻어 경제력을 갖게 된 것, 또 고도상장을 한 신세대의 풍족한 경제력을 배경으로 여성은 초조하게 결혼할 필요가 없어졌다. '팔고 남은 크리스마스의 케이크' 라고 탄식한 것은 이제 옛날 일이다. 결혼을 해서 지금과 별반 다르지 않게 사느니 이상적인 상대가 나타날 때까지는 결혼은 무기한 연장한다.

여유가 없어진 것은 오히려 남성 쪽이다. 예전에는 '선택하는 입장'에 있었을 남성이 '선택받는 입장'이 되었다. 이 현상이 뚜렷하게 나타나는 곳은 '결혼정보회사'다.

'혼자가 편하다' '속박이 싫다'라고 결혼에 대해 제자리 걸음을 하고 있던 남성이 연공을 반납하고 싶다고 절실히 원하게 되었다. 나이는 마흔 살이 고비인듯하다. 결혼하고 싶어도 이전처럼 주위에서 도와주는 것도 아니다. 더군다나 연애결혼 지상주의가 만연한 지금 '중매'도 남성에게는 부정적으로 보인다. 따라서 등장하는 것이 현대의 중매쟁이 아줌마인 '결혼정보회사'다. 이것은 규모가 큰 시장으로, 만남이 없는 시대에 남녀의 만남을 알선하는 시스템이다. 회원제도이므로 소개되는 남녀의 경력은 확실한 것으로, 성격진단 테스트와 조건 등 데이터는 꽤 정밀하다.

어느 결혼정보회사에 시험삼아 등록한 여성 S양의 체험담이다.

"컴퓨터가 놓여 있는 부스에 한 사람 한 사람 들어가 자신과 원하는 상대의 프로필을 입력하면 그 사람이 화면에 뜨게 된다. 너무나 즉물적인 것 같아서 결국에는 회원에 가입하지 않았다. 실험은 스물 여섯에 했었는데 그 이후 매년, 서른 셋인 지금까지도 담당자에게 생일날마다 입회를 재촉하는 전화가 온다. 그리고 서른 다섯 살을 제한으로, 연회비는 십만 원씩 인상된다."

일반 중매와 결혼정보회사의 이용자는 비슷한 듯하면서 다르다. 우선, 꽤 많은 회비를 낸다. 회비를 부모가 대신 지불해주는 여성도 많지만 남성은 대부분 자비다. 자신이 데이터 입력 등의 세세한 작업을 해야 하므로 모친의 대행은 불가능하다. 즉, 자신 스스로가 확실하게 결혼할 마음이 있는 남성이 입력해야 한다는 것이다. 일반 중매의 경우, 모친의 주도로 꼭두각시처럼 자리에 앉아 있는 남성도 많다.

회원이 되면 쌍방의 희망이 맞아떨어진 회원을 만나게 해준다. 한 가지라도 조건이 일치하지 않으면 절대로 만날 수 없는 시스템으로 되어 있는 곳도 있다. 즉, 대부분의 희망조건이 맞아도, 나이 한 살이 틀리면 만남이 안 된다. 그 차이를 해결하기 위해 파티 같은 단순 자료와는 무관하게 만남의 장소가 준비되기도 한다. 철저하게 비밀에 부쳐진 개인정보지도 회원에게 돌려지기도 한다. 취업정보지처럼 문자정보가 가득 차 있는 것이 있는가 하면 원하는 사람에게는 매우 큰 크기의 사진도 넣어주고, 메시지를 삽입하는 것도 있다. 이처럼 진화된 현대의 중매는 정말로 결혼의 구세주일까?

중요한 것은 동등한 조건의 상대

견실한 결혼정보회사의 전문 담당자에게 물었더니, 회원이 원하는 것은 '폭넓은 만남' 이라고 했다. 이 결혼정보회사의 회원 수는 전국에 약 4만 명 정도라고 했다. 남녀 비율은 6대 4

로 남성이 많다. 연간 천 오백 쌍 이상이 맺어진다고 한다.

"지금은 여성이 선택하는 입장이다. 여성은 서른 다섯, 여섯이 되어도 여유가 있다. 지금의 자유와 생활을 여전히 누리길 희망하고 있다. 한편 남성은, 여자가 집에 있어 주길 바란다. 자신을 꺽지 않고 서로 의논하여 맞춰가려는 마음이 없는 남성은 좀처럼 여성을 만나지 못한다. 옛날에는 남녀 모두, 결혼에 관해서 좀더 솔직하고 순정적이었다. 결혼은 두 사람이 만들어 가는 것이라는 마음이 있었다. 지금은 처음부터 그려 놓은 이상이 있어, 그것에 맞지 않으면 싫다는 사람이 많다."

담당자의 진지한 이야기였다.

회원이 자신의 조건을 넣는 문구가 있는데, '화목한 가정을 만들고 싶다' '많은 자녀를 원한다' 같은 표현을 쓴 남성에게는 여성의 신청이 거의 들어오지 않는다고 했다.

"집을 두 채 소유하고 있습니다."라고 말하는 남성은 또 다른 경우다. 여기서도 남자와 여자의 차이가 분명하다.

전통적인 집에 대한 의식을 버리지 못하는 남성과 결혼해서도 자신의 즐거움을 추구하고 싶은 여성의 차이가 있다. 전화로 상담을 원하는 사람에게는 조언을 하기도 하지만 바로 현실로 연결할 수는 없다. 한 줄의 문장으로 자신을 표현하는 것은 어렵지만 만약 내가 남성회원이라면 '동등한 상대'라는 말을 어딘가에 넣을 것이다. 현대 여성을 설득하는 데에는 절대로 이 두 단어를 뺄 수 없다.

데이트할 때 남성 예절에도 여성은 불평을 한다.

"남자가 찻집에서 나올 때에 자기 것만 지불하고 가버린 것을 모르고, 나오다가 그만 창피를 당했다. 개인 행동이라도 한마디라도 해주었다면 창피는 당하지 않았을 텐데 말이다."

한편 남성한테서도 비슷한 불만이 있었다. 식사대접을 해도 '잘 먹었습니다' 의 말조차 없는 여성이 있다고 했다.

회원에게 전화와 세미나에서 조언을 한다. 파티에서 적극적으로 움직이지 않고, 굳어 있는 남성을 조언자가 질타하고 격려해서 여성과 대화를 할 수 있도록 뛰어다닌다.

대부분 평범한 사람이 커플로 맺어지고, 그 커플을 보면 역시 어울린다는 생각이 든다. 그러고 보면 결국 조건이 능사가 아니다.

남성은 결혼 욕구가 강해 누구라도 좋으니 우선 만나보는 게 절실한 심정이다. 반대로 여성은 "누구라도 좋다 이거지. 내가 아니라도 좋다 이거지"라며 거절해 버린다. 누구라도 좋아서는 결혼할 수 없는 것이 분명한데, 남성 측에 타입을 물어봐도 좀처럼 말이 안 되는 사람이 많다. 단지 결혼하고 싶다는 것뿐이고 구체적인 비전이나 원하는 여성의 성향을 상담자가 참을성 있게 끄집어내면 그때서야 확실하게 말한다. 말하자면 결혼 그 자체를 결혼정보회사에 가입해서야 인식하기도 한다. 남성이 대부분인 직장에서 여성과 교제한 경험이 적은 남성이 특히 그렇다. 한편, 여성회원들은 매우 현실적이고 엄격하다.

보통 상담자는 경험이 풍부한 나이 많은 여성이다. 때로는 엄마 같은 기분으로 회원들을 지켜보고 있다. 마지막에 짓궂은 질문이었지만 "따님을 시집 보내고 싶을 정도의 남성이 있습니까?"라고 물었더니, 순간 상담자의 얼굴이 굳어버렸다.

노후를 위해 결혼을……

지금은 결혼했지만 어느 결혼정보회사에 등록했던 남성에게 다음과 같은 이야기를 들었다.

"기본적으로 그런 곳에서 찾는 것은 무리이다."

그는 광고대리점 근무로, 일반 셀러리맨보다도 꽤 소득이 높았다. 한 달에 두 사람의 소개가 기본인데 더 많은 신청이 들어왔다. 회원으로 있었던 2년 동안 꽤 많은 여성과 만났지만 첫 만남에서 거절당한 적이 많았다고 했다. 그는 조금 살이 쪘고 키가 작았다. 그리고 땀으로 젖은 안경을 자주 벗어 닦는 버릇이 있었다. 대화할 때 좀처럼 눈이 마주치지 않았다. 시간이 지나 털어놓았더니 눈도 마주치고, 말도 잘했다. 단지, 초면의 짧은 제한시간에 좀처럼 그의 장점을 알 수 없었을지도 모른다. 여성은 꽤 엄격한 눈으로 보고 있다. 여성은 '운명적인 사람'이라고 생각하지 않는 한 정하지 않는다.

한편, 남성은 타협한다. 타협해서라도 결혼하려고 그 장소에 나와 있는 것이다.

다른 한 사람, 마흔 살로 다른 결혼정보회사에 등록해 있는 남성도 "타협은 하고 있다고 생각하는데 정해지지 않는다"라고 탄식했다.

타협이란 말이 왜 쓸쓸하게 들릴까. '결혼을 인생의 일대 이벤트', 노력하고 있는 것은 여자 쪽이다. 남자는 결혼해도 그것은 어디까지나 '인생의 일부' 로 여기고 있다. 그러면서 남성이 결혼하고 싶은 것은 왜일까? '혼자가 편하다고 생각하고 있었지만 한계가 있는 것이다.

"삼십대 중반부터 정신적으로 혼자서는 있을 수 없다라고 생각하게 되었다. 이대로 술 마시고, 차 전복시키고, 이십 년 후, 삼십 년 후, 어떻게 될 것인가. 자신의 전성기가 모르는 사이에 다 된 듯한 공포감이 든다."

그러면서 여성은 '홀가분한 싱글' 의 한계를 호소하고 있다. 그 절실함, 살을 에는 듯한 공포감은 여성이라면 누구나 기억하고 있을 것이다. '죽을 때까지 혼자' 라는 공포감은 장기간 솔로인 여성이라면 잘 알고 이미 길들인 애완견 같은 것이다. '결혼 안 하는 여자들' 은 장기간에 걸쳐 그 공포심과 타협하는 기술을 몸에 익혔다. 그것은 '자아를 찾아서' 와 '자가 치료' 라는 이름으로 불리고 있다.

"어떻게 될까요…… 이제부터"라고 하는 결혼하지 못하는 남성들의 중얼거림을 어딘가에서 들은 적이 있다. 그것은 거품시기에 여자들의 탄식과 닮아 있다. 그렇게 즐겁게 바쁘게 하루하루를 보냈는데 어느 순간에, "뭔가 좋은 일이 없을까" "어딘가 좋은 사람 없을까"라고 항상 서로 이야기했던 자신들이었다. 항상 누군가에게 무엇인가를 만족하게 받을 것만을 생각하고 있던 때이다. 그 때의 여자들과 그들은 너무나 닮아 있다.

7

공주님을 기다리지 마라

보통의 남성도 결혼 안 하는 시대

결혼, 가족의 문화가 변하고 있다. 우선 여성들이 자신들의 엄마세대의 문화를 이어받지 않고 있다. 그리고 새로운 문화를 모색하기 시작했다. 파트너인 남성들은 새로운 문화가 요구하는 것을, 아직 알아차리지도 못하고 있다.

남성에게 인터뷰를 하고 가장 많이 느낀 것은 '아, 보통의 남자도 결혼 안 하는 시대가 되었다' 라는 것이다. 지금 4퍼센트 이상이 된 삼십대의 싱글 남성도, 거의 이러한 사람임에 틀림이 없다.

결혼 안 하는 남성이라고 하면, 얼마 전까지는 '결혼 못하는 남자' '결혼 안 하는 남자' 의 두 종류밖에 없었다.

"아, 저 남자는 여자와는 인연이 없을 듯하다"라는 말을 듣거나, 독신으로 있는 것도 무리가 아니라고 생각되는 유형도 있다. 여성에게 인기가 많아서 '저 남자는 결혼 안 한다' 라고 빈정거림을 당하는 타입이 있다.

그러한 양극의 남성들이 아니고 말하자면 보통의 남성들, 적당하게 여성에게도 접근하고 확실한 수입이 있고, 보통의 가정에서 자랐고, 자신도 그와 같은 가정을 갖는 것이 당연하다고 생각하고 있는 보수적인 남성들도 결혼은 더 이상 필수가 아니다.

그것은 결혼이 모든 사람의 인생에서 피할 수 없는 한 과정에서 선택정도로 가치가 변했기 때문이다.

'어떻게 해서라도 결혼 안 하면' 이라는 정신적 압박감이 줄었다. 아무리 대기업이라고 해도 '독신이어서' 출세가 늦어지는 것도 아니고, 상사나 주위 사람이 끈질기게 '결혼을 주선' 하는 것도 아니다.

이렇게 되자 뭔가에 강하게 강요받지 않으면 남성은 굳이 결혼을 하지 않는 경우가 많다.

강하게 억누르는 것은 자신의 마음이든지, 상대의 마음밖에 없다. 어쩌면 또는 '혼전임신' 이 결혼을 강요할지도 모른다.

적극적이지 않는 남성들

현대는 누구나 용감하게 누구나 연애결혼을 하고 싶다고 말한다. 그러나 그에 비해 연애의 경험도 별로 없고 '결혼 안 하는 남자' 가 많은 것도 남성의 특징이다.

연령과 함께 '연애력' 은 쇠퇴해 가는 것 같다.

상대의 마음을 사로잡지 못해 갈등하는 것이 젊었을 때는 괜찮지만 때로는 직접적으로 일에 영향을 주기도 한다.

원래 독점욕이 강하고 질투가 심해 부인이 쉰 살이 되었어도 외출해서 늦게 돌아오면, 안절부절하는 남성이 있다. 이 사람은 사랑이라는 진흙탕에 빠지지 않으려고 연애도 하지 않는다.

또 될 수 있으면 이대로 누군가와 행복하게 있다가 예순 살 정도에 이혼 당하거나, 딸이나 아들에게 몹쓸 짓을 당하거나 하는 일없이 최후까지 살고 싶다고 아주 소박한 희망을 말하는 남성도 있다.

상대와 서로 충돌하는 것이 두렵다는 것이다. 그들이 말하는 '결혼하고 싶다'라는 의지에 상대의 진정한 모습이나 실태가 보이지 않는 것은 그런 이유에서 연유할 것이다.

여자 쪽은 설령 연애경험이 적을망정 연애와 결혼에 관해서는 훨씬 프로라고 말할 수 있을 정도로 모의 실험 같은 경험을 쌓고 있다. 순정만화, 연애소설, 영화와 책은 산더미처럼 쌓여 있다.

지금은 남성들 쪽이 훨씬 결혼에 관해서는 순수하게 생각하는 것 같다.

아무리 미인이고 귀여워도 기회가 보이지 않는 여성은, 남자가 접근하기 어려운 존재가 되어 버렸다. 어쩌면 이런 것 때문에 결혼이 늦어진다는 법칙이 생기는지도 모른다.

이것은 여자에게만 국한된 이야기가 아니다. 기회를 잡을 여유가 없는 남자란, 역시 좀처럼 결혼 안 하는 사람이라는 것을 이번 취재에서 알았다.

인기가 있고 없는 것은 또 다른 문제이고, 기회를 잡을 여유가 없는 남자는 결혼을 하지 않거나 못한다. 틈이 보일 정도로 귀여운 남자는 벌써 누군가의 사람이 되어 버렸고, 결혼에 관해서는 난공불락인 처녀처럼 몸가짐이 굳은 남자는 홀로 남는다.

예전에 여자들이 언젠가 사랑하는 사람과 함께하기 위해 자신을 소중하게 지켰던 것처럼, 남자들은 아직 보이지 않는 운명의 여자를 위해 소중하게 자리를 지키고 있는 것이다.

남자들은 결혼에 대해 보다 순진하게 생각하고 있다. 지금은 회사나 부모의 압력으로 결혼할 필요도 없고, 도시는 독신생활에 편리한 거리가 되었다. 이러니 결혼에서 구하는 것은 낭만뿐이다. 낭만은 소녀의 것이다.

'스스로는 적극적으로 다가가지 못한다', '결혼을 전제로 한 교제만 하고 싶다', '상처받고 싶지 않다', '백년해로하고 싶다' '결혼이란 뭔지 모르겠다.'

취재수첩의 어느 곳을 보아도 소녀 같은 말이 반드시 튀어나온다.

몸가짐이 굳어 있고, 소극적이고, 연애에 약한 소녀 같은 남자가 결혼하고 싶은데, 결혼 못하는 남자의 정체인 듯하다.

"왕자님 언젠가 맞이하러 갈 테니까." 이것은 어느 여류 하이징(排人)의 하이쿠(排句 : 일본의 5 · 7 · 5의 3句17音으로 되는 짧은

시-역주)다. 지금의 왕자는 기다릴 뿐만 아니라 여자가 맞이하러 가는 것으로 되었다. 그리고 지금의 여자들은 말을 타고 왕자를 쫓아 갈 정도의 기개도 갖고 있다.

좀처럼 연애에 빠지지 않는, 견고한 그들이 처음으로 사랑으로 애를 태울 때가 결혼할 때일지도 모른다.

왕자들은 그런 '운명의 만남'을 기다리고 있다.

연애결혼지상주의가 결혼을 멀리한다

예전에는 적령기의 남성을 주위에서 무리하게 누군가를 소개하여 결혼시켰다. 근처의 아주머니나 상사 등의 '결혼상담소'는 비공식적인 형태로 어디에나 존재하고 있었다.

아무리 보아도 여자를 설득한다는 것을 상상도 할 수 없는 시대에 남자들이 확실하게 부인과 자녀를 얻을 수 있었던 것은, 남을 도와주기 좋아하는 주위와 결혼 안 하면 온전한 한 사람이 아니라는 사회의 압력 때문이었다. 그리고 여성이 결혼에 의지하지 않으면 살아갈 수 없었던 사회구조의 덕택이라고도 할 수 있다. 미혼율이 오랫동안, 남녀 모두 5퍼센트 전후로 추산되었고 '95퍼센트의 국민이 오십 살까지는 결혼한다'는 일본은 결혼에 관해서는 우등생국가였다.

그런데 중매결혼과 연애결혼의 비율이 역전한 것은 1960년대이다. '패러사이트싱글'이라는 말을 세간에 퍼뜨린 야마다 마사히로(山田昌弘) 동경학예대학 조교수는 전후 일본에 정착

한 연애결혼제도를 이렇게 분석하고 있다.

A 전근대 사회 : 가족은 경제상의 제도에만 있었던 시대

B 근대 사회 : 가족은 경제상의 제도에 있고, 애정의 제도에도 있는 시대

C 포스트모던 사회 : 부부는 애정만의 제도로 된 시대

전근대사회에서는 중매결혼이 주류였고, 근대사회가 되면서, 결혼은 애정을 기초로 해야 한다는 '연애결혼 이데올로기'가 보급되었다. 야마다 마사히로 교수는 지금 일본 사회는 B에서 C로 이행기의 여파에 놓여 있다고 했다.

그러나 B에서 C로의 이행은, 남성에게는 인식되어 있지 않았다. 여성에게 있어서 결혼은 아직 '영구취업' '인생의 전환기' 였던 B의 시기에, 남성에게 있어서는 이제 결혼은 '순수한 애정' 만으로 되어 있었다. 남성이 '돈을 겨냥한 목표' 돈, 학벌, 직업을 겨냥한 '삼고' 라는 여성의 태도에, 극단적인 알레르기를 일으키는 것은 그 때문이다.

여성은 결혼 안에 '경제적 요소' 가 들어가 있는 것을 무의식적으로 받아들이고 있는데, 남성은 그것을 일부러 외면하고 있었다. 불황으로 경제가 어렵게 되면 될수록 냄비와 가마를 들고라도 따라와 주는, 애정만으로 맺어진 여성을 구한다. '사랑을 주고받으며 백년해로한다' 라는 연애결혼지상주의가 결혼으로 가는 장애가 되고 있다.

경제적인 책임감이 점점 방해를 한다

결혼에 관해서 새로운 가치와 의미를 찾아내지 못하고, 정지해 있는 것은 남성, 여성이 같다.

다른 것은 남성의 경우, 여성처럼 출산이라는 명확한 장애가 없으므로 얼마든지 망설이고, 뒤로 연기할 수 있다는 점이다.

그러나 세상은 변해 버렸다. 현재 만혼화의 주역이라고 할 수 있는 삼십대의 남녀는 고교생, 대학생, 또는 사회인이 되어 곧장 거품을 경험했다. 보수적인 가치관에 따르는 것, 즉 취직하고 결혼해서 아이를 낳는 것을 조금 방치했던 우리들의 세대는, 어느 사이에 막다른 골목으로 몰리고 있다.

종신고용제의 붕괴는 결혼의 역사에 큰 변화를 초래했다. 그것은 여성에 있어서 '영구취업' 이라는 취업전선이 괴멸한 것을 의미한다. 남성들도 심각하다. 아직 전통적인 가치관의 그들은 우선 부인을 부양해야 하고, 가족을 부양해야 한다는 것을 당연하다고 생각하고 있다. 엄청난 실업률과 저성장의 한복판에서 결혼을 하려면 우선 '경제력' 이 필수라고, 지금의 서른 다섯 살 이상의 남성이라면 가장 먼저 생각할 것이다.

위험 요소와 사회 존속에 불안이 있으면 결혼은 멀어진다. 전직이나 독립 등 큰 결정을 해야 할 경우, 부양해야 하는 가족을 갖는다는 것은 그만큼 마음을 무겁게 한다. 또는 사회에서 중역진으로 중책을 맡은 시기도 그렇다. '솔직히, 일이 많아서 결혼 등을 신중하게 생각할 여유도 없다' 라는 상황은 그들을 점점 결혼에서 멀어지게 한다.

그런 '결혼 안 하는 남자들' 은 사실은 굉장히 결혼하고 싶어하는 남성일지도 모른다. 적어도, 결혼하면 '충분히 가정적이다', '부인과 즐기고 싶다' 라고 신중한 얼굴로 말할 정도면 결혼생활에 관해서 진보적이다. 이혼 같은 것은 꿈에도 생각하지 않는다.

헤어져도 어쩔 수 없다고 말할 정도의 마음이면, 벌써 결혼했을 것이라고 모두 입을 모아 말한다. 책임감이 있기 때문에 함부로 타협할 수 없었다. 그렇다고 해서 '결혼에 적합하다' 라고 이 부분을 칭찬해서는 안 된다. 심한 반발을 살게 분명하다. '결혼에 적합한 여성' 이라고 하면, 대개의 여자는 적어도 싫은 기색은 하지 않았다. 그러나 남자는 다르다. '결혼에 적합한 남자' 라고 하면 남자는 반발한다.

남자는 무의식중에 '결혼' 과 '연애' 가 나누어질 수 있는 것이라고 틀림없이 생각하고 있다.

공주를 기다리고 있을 때가 아니다

인터뷰한 남성들은 두 개의 카테고리로 나누어졌다.

우선, 구체적인 상대가 없는 남성이다. 결혼을 하고 싶은 의지는 명확하다. 오히려 결혼을 당연한 것으로 생각하고 있다. 연애결혼을 하고 싶지만 연애경험은 적다. 여성과 정면으로 교제한 경험이 거의 없으므로 결혼 후 생활에 관해서도 꽤 낭만적인 정확히 말하면 너무 순진한 예측을 하고 있다.

또 하나는 구체적인 상대가 있어서도 결혼을 앞에 두고 결정을 못 하고 있는 남성이다. 그들은 현실의 여성들과 교제를 하고 있고 결혼의 중요함도 알 수 있다. 그러면서 독신의 편안함도 버리기 어렵다. 친구한테서 들어오는 결혼에 관한 정보는 불필요한 정보뿐이다. 더구나, 장래의 불투명한 시대의 경제적인 불안도 있다. 거기까지 감수하면서 결혼할 가치는 있는 걸까? 결혼의 의미를 발견하지 못하고 있는 것이다.

어느 쪽이든 '결혼 안 하는 남자' 에게 공통점은 그들이 결혼에 관해서 확고하게 갖고 있는 것은 낭만적이라는 것이다.

남성들의 본심이 '젊고 싱싱한 귀여운 여성이 좋다' 라는 것은, 어쩔 수 없는 남자의 천성이다. 이것만은 이제 정말로 어찌할 수도 없다. 언제까지나 '어린아이' 같은 문화에서는 '성숙한 여자' 에게 소용없다. 서로 젊었을 때가 아니면 만날 수 없는 것이 지금의 남녀의 실태이다.

이상의 사람을 찾고 있는 사이에, 나이를 먹어 가는 것은 자연의 섭리다. 여성은 자신을 응시하는 것을 좋아하므로, 현실의 나이를 먹은 '자신' 을 조절해 가는데, 남성은 언제까지나 '영원한 소년' 이다. 삼십대 후반, 마흔 살이라는 소리를 들게 되어도, 찾는 여성의 연령층은 변하지 않는다. 열 살 이상의 연하를 찾는 게 그들의 목표다. 그렇지만 그 연령의 여성을 목표로 할 수 있는 것은 '부자' 이든지 '인기 있는 남자' 뿐 이라는 냉혹한 현실이다. 같은 세대의 여성을 아예 대상 외로, 시야 밖으로 내몰아버린 그들도 실은 슬슬 목표 연령의 여성들에게 있어서는 '아저씨' 밖에 안 되는 나이다.

종신고용시대라면 영구취업이라는 먹이로 낚시질을 할 수 있었을지도 모르지만, 종신고용제의 붕괴와 함께 진짜 '살아가는 힘' 이 문제되는 시대가 되었다. 결혼 시장에 있어서 남자는 자신의 매력으로 승부할 수밖에 없다. 좋은 남자를 얻기 위해 '아름다움' '젊음' '개성' 이라는 몸 하나로 승부를 걸어 온 여자들과 겨우 막판에 선 것이다.

여기서 '좋아, 젊지 않아도 좋습니다. 이제 더 이상 사치스러운 말은 안 하겠습니다' 라고 대상 외로 했던 여성을 향해 마음을 고쳐먹는다고 해도 이번은 여자 측에서 '예스' 라고 하지 않는다. '이 정도로 괜찮아' 로는 절대로 결혼할 수 없는 것이 여자들이다.

주택평론가인 오카다 도카오(岡田斗司夫)씨가 〈30 싱글 여성, 어때요?〉에서 재미있는 주장이 있다.

'30 싱글 여성' 이란, '여자의 삶에 관해서 헛갈리거나 초조해하고 있는 여성들의 것' 이라고 정의하고, '여자아이' 에서 '성인 여성' 으로 어쩔 수 없이 변환하게 되는 그룹이 사상 최초로 대량발생한다고, 현재를 설명하고 있다.

분명히 도시에서는 결혼한 여성은 언제까지나 '프릴과 리본을 가장 좋아하는 여자아이' 로 있을 수 있었는데, 모두가 결혼한 시대에는 그러한 의식변혁은 필요 없게 된 것이다.

"남자들이, 언젠가는 여자들도 타협하고 이쪽으로 올 것이라 생각하며 해변에서 캠프파이어를 하고 만화영화를 보며 기다리는 동안에, 여자들은 배를 타고 출항해 버렸다."

오카다는 결혼 못하는 예비남자군을 7퍼센트로 읽고 있다.

누구나 인기가 있는 남자와 인기가 없는 남자의 차이가 계속 넓어지고 있다고 느끼고 있다. 일부일처제의 결혼이 필요없게 되는 대량의 싱글 시대는 '인기가 있는 남자의 독점시대'가 된다고 모리나가 다쿠로씨는 예측하고 있다.

소자녀경향을 극복한 스웨덴은 출생한 아이의 절반이 혼외로 태어난 아이이다. 여성을 결혼시키는 것이 아니라, 여성의 취업률을 높여, 혼자서도 아이를 키울 수 있도록 했다.

만약 일본도 그러한 방법을 모색한다면, 여성들은 '좋아하는 남자', '우수한 유전자'를 갖은 남자에게 쇄도할 것이다. '인기 있는 남자의 독점'이란, 바로 그런 사회의 것이다. 여자에게 있어서는 조금 매력적인 대안이라는 생각도 든다. 그렇지만 남자에게 있어서는 이제 서두르지 않고 공주를 기다리고 있을 때가 아니라는 것이다.

'안 한다'에서 '못한다'로의 전환점

여성들이 어머니의 삶에 의문을 갖고 여자로서 자신은 어떻게 하면 좋을까를 모색하기 시작했고, 이미 오랜 세월이 흘렀다. 남자들도 가정적인 아버지가 되고 싶고, 가정 일을 취미로 갖고 살아가는 남자가 되어 보고 싶어 나름대로 노력해 왔지만, 유감스럽게도 사회 안에서 '남자는 일, 여자는 가정'이라는 남녀의 역할분담 의식에서 이탈하지 못했다. 연인시절에는 재치 있게 보호할 수 있었는데, 결혼만 하면 아버지와 똑같은 남편이 되어버린다.

결혼과 가정의 본연의 자세에 관해서 남녀의 의식의 차이는 이미 남성이 주위를 맴돌며 늦은 것이 십 년 이상 떨어져 있다. 물론 여성에게도 옥가마와 전업주부 희망은 의연하게 있지만 지금의 경제상황에서는 전업주부는 축복받은 일부의 계층만의 것으로 되어간다. 현실적으로 결혼해서도 일을 한다면, 언제까지나 '젊고 귀엽고, 나이도 수입도 학력도 자신보다 아래인 소극적인 여성이 좋다'는 등 잠꼬대 같은 말을 하고 있는 남자에게는 소용이 없다.

여성들은 주위를 맴돌면서 늙은 남성이 쫓아오는 것을 기다리지 않는다. 그것이 지금의 만혼, 비혼화로 연결되고 있다.

결혼 못하는 남자들에 있어서도 '좋은 사람'이 많다. 재빠르게 결혼해서 형편 좋은 부인도, 애인도 얻는 요령 좋은, 남들 보다 훨씬 '좋은 사람'이다. 그리고 지금도 '가족의 행복'을 믿고 있다. 결혼과 가족이 '애정의 그릇'이라는 것을 믿고 있다. 그것은 나도 믿고 있고, 믿고 싶은 것이다.

문제는 '변하지 않는 것' '알려고 안 하는 것'이다. 그렇기 때문에 뒤처지는 것이다.

『결혼 안 할지도 모른다 증후군』이 발표된 것은 1990년이다. 여자들은 결혼 안 할 지도 모르는 자신을 마주 대해 왔다. 그것은 한 인간으로서의 자신은 무엇인가라는 질문이다. 책에 등장한 여성들은 그 후 거의 결혼을 했다.

'자신은 무엇인가', '자신은 무엇을 바라고 있는 걸까', '자신을 향하고 있는 사람은 어떤 사람일까.'

그런 것에 신중하게 마주 대해 온 것이, 결국 '결혼'에 연결된 것이다.

공주를 기다리는 것을 그만두고, 남자인 자신이 여자보다 위라는 확인을 멈추고, 부인이라는 이름의 여자에게 구하는 것을 그만두고, 한 사람인 자신과 마주 대해야 한다. 그것은 굉장히 무서운 것이다. 오싹할 정도로 도망치고 싶어질 듯한 것이 줄줄이 나올지도 모른다. 그렇지만 자신과, 그리고 다른 사람과 마주 대해야 한다. 그렇게 해서라도 지금의 남과 여는 만나야 한다.

올 수밖에 없는 싱글 사회가, 남과 여가 한 사람의 인격체로서, 책임을 갖고 자유롭게 연애할 수 있는 시대라면 좋지만 지금 상황으로 보면, 연애는커녕, 정면으로 사람과 만나보지도 못하고 각각 구석에 틀어박히는 남녀가 증가할 수밖에 없다.

판도라의 상자를 열고 최후에 남는 것, 그것을 믿을 수 없게 된다면 정말로 살벌한 미혼사회가 다가 올지도 모른다.

결혼하고 싶어도 못하는 남자의 특징

- 연애경험이 적고, 사랑의 굴레를 피해왔다.(연애소질이 부족하다)
- 마음속에 잊을 수 없는 여성이 있다.(과거의 연애를 질질 끌고 있다)
- '좋은 사람' 으로 끝나버리는 경우가 많다.(연애관계로 진전이 안 된다)
- 신중, 다시 교제하게 되면 결단력이 약하다.
- 독신의 편안함을 알아버렸다.(신경 쓰는 생활은 왠지 귀찮다고 생각한다)
- 여자친구가 없다.(여성과 동등한 동료라고는 생각하지 않는다)
- 야무진 사람으로 일을 하는 모친이 있다.(마마보이 기질이 있다)
- 지킴이 견고하고, 소극적이고, 기회를 탈 기회가 없다.(여성 쪽에서 보면 힘겹다!)
- 처자를 공양하는 것을 당연한 것으로 생각하고 있다.(그러므로 경제적 압박이 있다)
- '결혼=자녀=가정' 이라고 정직하게 생각한다.(보수적인 가정에서 자랐다)
- '남자는 일, 여자는 가정' 이라는 의식이 강하다.(가사는 자신의 영역이 아니라고 생각하고 있다)
- 좋은 남편 좋은 부친이 될 자신이 있다.(자신의 결혼만큼은 성공하리라 생각하고 있다)
- 젊은 여자가 아무튼 좋다.(모든 것이 자신보다 아래인 여성 쪽이 안심이다)
- 결혼에 대해서 과잉된 꿈과 기대가 있다.(운명의 공주를 기다리고 있는 로맨티시스트이다)

제2장

결혼할 수 있어도 안 하는 여자들

내가 지나온 모든 길은
곧 당신에게로 향한 길이었다.
내가 거쳐온 수많은 여행은
당신을 찾기 위한 여행이었다.
내가 길을 잃고 헤맬 때조차도
나는 당신을 향해 걸어가고 있었다.
그리고 마침내 내가 당신을 발견했을 때,
나는 알게 되었다.
당신 역시 나를 향해 걸어오고
있었다는 사실을.

– 잘랄루딘 루미

싱글의 시대

“어디서부터 유래된 것인지는 모르지만 여자는 웨딩드레스를 입기 위하여 태어났고, 그 때문에 죽어 가는 것이다.”라는 말이 있다.

21세기를 맞이하여 공전의 미혼시대라고 해도, 웨딩드레스를 입고 싶지 않은 여성은 별로 없을 것이다. 설령 결혼에 미련이 없어지는 시대가 왔다고 해도 웨딩드레스를 입는 것에는 미련이 남아 있을 것이다. 결혼을 이미 했어도 웨딩드레스를 몇 번이라도 입어보고 싶다. ‘결혼’의 정체는 정말은 그 하얀 드레스에 있을지도 모른다. 아무튼 우리들은 처음부터 ‘결혼 안 하는 여자’가 되려고 하지는 않았다.

1

60년대생은 결혼하지 않는다

결혼 못하는 여자 VS 결혼 안 하는 여자

'독신론' 이 성행하고 있다. 싱글의 아주 멋짐, 쾌적함, 홀가분함을 추구하는 여성들이 많아졌다. 독신남성이 '차별하지 말라' 고 호소하는 것보다도 '싱글' 을 스스로 구가하는 발전적인 것에 원인이 있다. 일본에도 성인으로 자립한 여성들이 나왔다는 증거이다.

멋진 '싱글의 생활' 을 동경하면서도, 갈림길을 헤매고 있는 여성의 본심은 결혼은 아직 '안 한다' 로 정한 것은 아니다. 단지 '결혼 못하는 여자' 로 불리는 것보다 '결혼 안 하는 여자' 로 불리는 편이 멋지다. 결혼 하지 않아도 충분히 즐겁게 살아갈 수 있는 것이 사실이다.

여자가 결혼을 생각할 때는 둘로 갈라진다. 좋은 사람이 생겨서 그 사람과 함께 있고 싶어 결혼하고 싶은 경우, 그리고 지금 상대는 없지만 결혼만은 하고 싶은 경우이다. 전자는 상대가 좋아서 너무 좋아서 견딜 수 없는 것이라면 후자는 여자의 몸 안에 깃들여져 있는 어쩔 수 없는 '각인' 같은 것이다. '단 한 사람의 남자도 잡을 수 없었다' '여자로서의 결함으로 여겨지고 싶지 않다.' 세상 어머니들이 하고 있는 것처럼.

'그런 짓을 하고 있으면, 데려갈 상대가 없다', '안 가고 혼자가 되면 어떻게 할래?'

그런 말로 어릴 때부터 딸들을 위협해 왔다. 그것이 우리들 안에 뿌리를 내리고 있다. '결혼할 수 없다'는 것이 공포감의 정체일 것이다.

자신의 인생 안에 '결혼'이라는 시스템이 정착되어 있어, 그것을 제외하고는 아무래도 인생자체가 성립되지 않는다는 생각이다. 그것이 어느 날 벗어날 때가 있다. 벗어난다고 해도, 결혼 그 자체가 결코 없어졌다는 것은 아니다. 없어도 자신이라는 기계는 움직이고 있다는 것을 알게 될 뿐이다. 그것을 알기 시작할 때, 여자는 '결혼 못하는 여자'에서 '결혼 안 하는 여자'가 되는 것이라고 생각한다.

확실히 결혼 안 하는 여자가 많이 늘어나고 있다. 이제 싱글은 소수파가 아니다. 요즘은 지방에서조차도 '크리스마스 케이크'라고는 이제 아무도 말하지 않는다. 도시에서는 서른 살 넘은 싱글이 무성한 잎만큼이나 많이 있다.

때때로 몰려 들어오는 결혼이라는 희망에 길들여 가면서, 활개를 펴고 싱글의 길을 구가하며, 만약 궁극의 상대자를 만나면 재빠르게 결혼해 버리면 된다고 하면서 여자들이 돌변하면, 사회는 매우 심각하게 되어버릴지도 모른다.

인구학자는 여성에게 흥미가 있다고 한다. 인구를 좌우하는 것은 여성이기 때문이다. 아버지가 누구인가는 문제도 아니고, 증명할 기술도 없다. 소자녀경향과 만혼화의 주역은 아무래도 여성들이다.

최근 화제가 되는 '생애 미혼율'이란, 여성이 쉰 살이 되었을 때까지 한 번도 결혼을 경험 하지 않은 사람의 비율이다. 아는 사람 중에 쉰 살을 넘어서 퇴직통지와 함께 결혼을 알려온 여성이 있다. 쉰 살이 넘어도 결혼은 할 수 있으므로, 생애 미혼이란 실례가 되는 이야기이지만, 출생율에 공헌 못하는 이유로, 여성은 쉰 살로 생애미혼이라는 달갑지 않은 부류에 진입하고 있다.

여성의 1950년대 출생의 생애 미혼율은 5퍼센트 이하이다. 2000년의 조사를 토대로 한 숫자에서는 1965년 출생의 생애 미혼율은 9퍼센트로 예측하고 있다. 열한 명에 한 명 꼴이다. 남성의 경우는 열 명에 한 명 정도일까. 결혼이 없으면 아이도 태어날 수 없는 것이 아직은 사회의 보수적인 면이다. 독신으로 엄마로 있는 여성은 적다. 따라서 결혼하는 사람이 적어지면, 점점 출생율도 낮아진다. 최근의 발표 '장래 인구 통계'(2002년 1월)에서는 2050년에는 한 여성이 일생에 낳는 아이의 수는 1.39명이라고 보고 있다.

1985년 출생의 생애 미혼율은 16.8퍼센트로 예측되어었다. 어쩌면 '결혼이' 희귀하게 받아들여지는 시대가 이미 와 있는 것인지도 모른다.

'크루아상(croissant) 증후군' 후의 싱글족 대량발생

1977년에 창간한 여성지 '크루아상'에서 말한 라이프스타일을 목표로 노력한 여성들이 있었다. '자립하는 여자'라는 구호에 앞장서서 날뛰어, 일단 위로 올라갔지만, 내려와야 하는 사다리는 벌써 옆으로 치워져, '결혼하고 싶다', '보호받고 싶다'라는 마음을 안고 본의 아닌 싱글로 생을 보내는 여성들이다. 그것이 '크루아상 증후군'이다(『크루아상 증후군』 마쓰하라 준코 : 松原惇子, 文春文庫).

그 때의 삼십대 싱글과, 지금의 삼십대 싱글 여성의 차이는 무엇일까?

여성의 취업기회가 증가한 것, 종신고용제의 붕괴와 함께 결혼이 도피처가 될 수 있는 영구취업이 없어졌다는 것이다. 그리고 무엇보다도 삼십대 싱글의 대량발생이다.

크루아상들은 특별한 여성을 목표로 했고, 당시의 여성의 삶으로서는 최첨단, 결국은 소수파였다. 크루아상 세대에는 상당히 멋진 여성이 많았다. 그러나 소수인 까닭에 '우월감'과 '불안'이 동거했다.

지금이야말로 삼십대 싱글 여성은 여기저기 지천이다. 유능한 커리어우먼이 있는가 하면 편안한 싱글도 있다. 아무튼 질보다 양이다. 삼십이라는 적신호도, 대세의 강도로 가로질러

버렸다.

그것을 제외하면 '깃들여진 결혼정령' 도 '보호받고 싶은 마음' 도, 여자의 실속은 이 이십 년전에 비해 변하지 않았다고 생각한다. 저성장시대가 되고, 남성중심의 기업사회로, 사회제도가 부실해져, 비호해 줄 만한 남성이 점멸해 가고 있다. 거기서 '본이 아닌 결혼' 보다는 '납득할 수 있는 싱글' 을 지금 선택하고 있다. 결혼에 모든 것을 걸 수는 없다. 그렇다면 자신은 어떻게 하면 좋을까? 그러한 것을 모색하는 여성들이 대량발생하고 있는 것이 지금의 과도기의 상황이다.

'결혼보다는 일을 선택한다' 는 여성이 많아지고 있다고 하는 것은 아직 시기상조일 것이다. 그 정도로 매력적인 일을 갖고 있는 여성은 아직 소수파이다.

처음부터 지금의 삼십대 싱글들은 모두 처음부터 '자립한 여성' 을 지향하고 있었냐면 그렇지 않다. 남녀고용평등법 시행은 대량의 전문직을 낳는 것에는 도달하지 못했다. 단지 '보통의 여사무원' '커리어 전문직' 과 여성들의 일하는 스타일을 넓혔을 뿐이다.

내가 입사한 대기업에서는, 그 해의 일반직 채용 여성의 수가 단 한 명이었다. 동경대학 법학부 졸업의 여성을 '채용하고 있습니다' 라는 변명을 위하여, 법무부에 한 명을 들였을 뿐이라는 조잡함이었고 아직은 태반이 보통의 여사무원이었다.

주변의 예를 들면, 갓 졸업하고 취직한 같은 부서의 동기입사한 여성들 열아홉 명은 동창회를 만들고 있다. 그들은 4년제

대학 졸업의 일반직으로 재택근무가 채용조건이었다. 지금 생각하면 독신의 집단이라고도 말 할 수 있다. 동기인 여성은 단대 졸업 백 명, 4년제 대학 졸업 백 명으로 모두가 일반직이었다. 불경기인 지금으로서는 경이적인 숫자이다. 4년제 졸업은 삼 년으로 슬슬 명예퇴직이고, 결혼과 동시에 퇴직은 불문율이었다. 여성의 일은 사무직뿐이고, 극단적으로 표현하면 대기업 사원의 부인 후보로 입사하여, 직장의 꽃의 시대가 끝나면 퇴사였다.

나중에 그 여성들은 고된 직장에서 매일, 잔업은 많았지만 월급은 만족했다. 지금이라면 억지로 직장에 남았을테지만 당시는 모두 깨끗하게 퇴직했다고 회상했다.

강제로 퇴직할 수 있었던 것은 당시 일본에 진출해 온 '외국계 기업'과 '파견 사원'이라는 서글픈 배경이 있었기 때문이다. 나도 삼 년간 근무한 대기업의 사무직에서 외국계 증권회사로 전직했다. 당시, 그렇게 해서 외국계 회사로 흘러간 사무직 여사원은 많았다. 동기 열아홉 명도 입사 5년으로 거의 퇴직하고, 그 중 외국계 회사로 전직한 이가 네 명이었다.

주위에서는 우리들을 '커리어 우먼'이 되었다고 오해했지만 그것은 말도 안 되는 것이었다. 한 미국 사무원은 왜 일본에서는 4년제 졸업생인 여성이, 미국에서는 고졸, 전문대학 졸업자가 대부분 하고 있는 '비서'를 하는지 이해하지 못했다. 비서는 어디까지나 일반직 분류에 지나지 않는다.

증권회사로 옮기고 조금 지나자, 5년 후배인 같은 대학 졸업생인 여성들이 신입으로 '프로페셔널' 로서 입사했다. 비서로서, 부하 직원들도 그녀들을 상사로 섬겼다. 일본기업이 전문직 여성을 채용하지 않던 시기에, 외국계 회사에서는 당연히 그러한 풍토가 실현되고 있었다.

외국계 회사로 전직한 이들은 처음으로 오래 일하는 여성의 여러 역할모델을 접했다. 일에는 별로 집착이 없었던 전형적인 자신이 '일하는 것이 즐거운 일' 이라고 생각한 것은 외국계 회사에 있는 사십대의 비서들을 보고부터다. 일본 기업에서 열심히 일하는 층은 특수직이든지, 아니면 전문직밖에 없었다. 그때는 그것이 그다지 좋게 보이지 않았으므로, 우리들은 선배들이 모처럼 개척한 길을 이어가지 못했다.

버블의 은혜는 여성에게도 여러 취업기회를 주었다. 일반직에서 전문직으로 전환을 하는 사람도 있는가 하면, 승진을 하는 사람도 많았다. 당시의 여사무원들은 남성보다도 먼저 직업을 쉽게 바꾸었다. 친구는 29살에 외국계 회사의 비서로 근무하다가 해외유학을 다녀온 후 그래픽 디자이너가 되어 미국 회사에 취직해 있다.

결국, 우리는 신입 때부터 14년 동안 네 군데 회사를 다녔다. 동기들과 당시의 이야기할 때 항상 느끼는 것은 졸업과 동시에 사회에 나왔을 때는 아무도 이렇게 오랫동안 일하리라고는 꿈에도 생각지 못했다는 것이다.

버블 시대는 여성을 단지 '임시직 여직원' 에 머물렀던 것을 '일하는 여자' 로 바꿔놓았던 시기이기도 했다. 그때 일하는 보람을 만끽한 사람도 있었고 안정된 수입이 최우선이라는 사람도 있었다. 당시의 친구 중에는 아직 사회의 일각에서 일에 열중하고 있다. 결혼해서 아이를 낳고서도 일하고 있는 사람도 있다. 하지만 일의 만족도, 자기 실현의 정도 등 여러 가지로 정말로 좋아하는 분야에서 만족스러운 수입을 하고 있는 사람은 소수파에 불과하다. 일만 있으면 결혼하지 않고도 살아갈 수 있다는 것을 사회에 나와서 알게 되었던 것이다.

열아홉 명의 동기들은 싱글여성이 세 명, 자녀가 없는 기혼녀가 두 명, 만혼도 있고, 노산도 있다. 이렇게 많지 않은 수지만 우리 시대의 '별 볼일 없는 여사무원' 은 그 후 다양한 길을 가고 있는 셈이다. 우리는 '임시직' 처럼 사회에 나온 보통의 여사무원이었고, '결혼욕구' 도 강했었다. 다른 사람들도 거기서 거기였다. 하지만 이제는 아마 가장 보수적인 층조차, 이제 '몇 살까지는 결혼해서 전업주부, 자녀는 두 명' 같은 의식을 당연하게 받아들이지 않는다. 우리들은 지금 그런 세대다.

하나코 양이야말로 선발주자였다

내가 여직원이었을 때 도시의 직장 여성을 위한 정보지 〈하나코〉 창간되었다.

이 잡지와 더불어 1980년대 후반부터 1990년대 초에 걸쳐 '하나코 족' 이라고 불린 여사무원들이 있었다. 〈하나코〉의 창간해인 1988년 당시, 이 잡지가 제공한 정보(브랜드, 미식가, 해외

여행, 미학, 문화교양학교 등)를 선두에 서서 즐기고, 특별히 전문직은 아니지만, 결혼욕구도 낮은 이십대의 일하는 여성들을 '하나코 양'이라고 불렀다. '크루아상 증후군'에 등장한 여성들과 비슷한 세대이기도 하다. 자신의 만족과 자신을 연마하는데 아까워하지 않고 돈을 쓰는 그녀들은 소비층의 새로운 스타였다.

홍콩의 복림문의 상어 지느러미를 먹어보고, 싱가포르의 힐튼호텔에서 파티를 즐기고, 하와이에서 요트를 타고, 일본에서는 고급 브랜드인 블루노마리를, 밀라노의 유명한 상표를 두루 섭렵하는 최초의 세대이다. 너도 나도 유명 브랜드 가방을 사고 유명 백화점의 바겐세일을 기다리는 최초의 세대이다. 누구의 며느리가 되는 것보다도 세상에는 즐거운 것, 재미있는 것이 많이 있다고 알게 된 최초의 세대이기도 하다.

이 같은 하나코들이 사회에 나온 것은, 1980년대 중반이다. 그때부터 1989년의 호황기(12월 31일, 일본경제 평균 주가는 3만8천 9백15엔인 최고치에 달했다)까지, 일본은 버블의 길을 전력을 다하여 달렸고, 전문직이 아닌 일반직 여사무원도 경기가 좋은 시대였다. 고용평등법으로, 여성이 일할 수 있는 기회도 넓어졌고, 지금의 브랜드 붐도, 해외유학, 와인 붐도, 모두 하나코라는 세대들이 즐겼던 것이다. 그 이전 세대에서는 '특별'한 여성만이 맛볼 수 있었던 인생을 '보통'의 여성도 알아버린 최초의 세대이기도 하다.

1990년대 초에 이십대였던 하나코 양도, 이제는 삼십대 후반에서 사십대로 돌입했다. 미혼, 비혼, 전문직, 맞벌이 등 하나코들의 삶의 무대는 다양했다. 1970년대부터 시작, 1980년부터 급속하게 진행하는 만혼화, 소자녀경향도 하나코 세대가 끌어낸 것이다. 급증하는 이십대의 싱글들의 삶의 형태도 일찍이 하나코가 즐겼던 것을 답습하고 있다.

하나코 세대는 기본적으로 개인주의다. 그렇다고 일과 놀이에서 '자신 찾기', '자기만족', '자립' 문제를 그다지 중요하게 생각하지 않는다. 후배들을 생각하지도 않는다. 오히려 고성장률을 배경으로 신세대의 풍요를 즐겼던 세대이다. 변명의 여지없이 욕망을 전개한 경험이 있을 뿐, 결혼을 해서도 질리지 않는 〈하나코〉 잡지의 사촌 쯤으로 여겨지는 〈VERY〉라는 부인 잡지가 이어지고 이 세대의 결혼 후의 욕망을 마음껏 부채질했을 뿐이다.

〈VERY〉 잡지에는 호화저택에 살면서 고급 승용차에 아이와 자신을 브랜드로 몸을 두르고, 때로는 남편과 함께 연인처럼 데이트를 하는 부인들이 반복해서 등장했다. 부인들은 고가의 유명 핸드백을 한 손에 들고 학창시절의 친구와 우아하게 차를 마시고 골동품을 사들이고 홈 파티를 열기도 한다. 때로는 취미가 더해져 요리, 꽃꽂이, 다도, 서예 모임의 주체자가 되기도 했다. 여자들의 인생인 주사위 놀이의 완성은 본래 '부유한 전업주부' 라는 것을, 이 잡지가 가르쳐 주고 있다.

창간 당시에는 1960년대 출생인 삼십대 주부 층을 겨냥했지만 현재는 더 연령층이 낮아져, 이십대 후반부터 표지 모델이 등장하고 있다. 즉 1970년대 출생자들의 결혼 후의 모습이다. 부유한 결혼을 한다는 것은 남편이 될 사람이 부자야 하고, 시부모가 부자야 하고, 자신의 부모도 부자여야만 한다. 여기에 등장하는 우아한 부인 중에는 친정 명의로 된 주택에서 살기도 하고 결혼 후에도 여전히 부모의 골든 카드를 사용하는 특권을 유지하고 있는 이도 있다.

결혼 후에도 보장받을 수 있는 여유가 있으면 좋은데 그렇지 못할 경우, 결혼에는 소극적이다.

경제적으로 어려운 결혼은 하기 싫다

한편, 주부 층 잡지로 변함없이 절약노선, '찢어진 팬티스타킹으로 만든 먼지떨이' 든지 '천 원의 반찬' 등으로 채워진 〈멋진 부인〉 같은 잡지도 있다. 미래는 이쪽이 다수파가 될 것이다.

우에노 치즈루코(上野千鶴子) 교수의 세미나에서 "이제부터는 단순하게 정기수입으로 생활할 수 있는 전업주부는, 일부의 특권계급이 될 것이다"는 이야기를 듣고, "과연 그럴까"라고 생각했던 것은 십 년전의 이야기다. 이미 그것은 현실이 되었다.

마이너스 성장시대가 되고, 부인들의 계층 분화는 더욱 심화되었다. 억대연봉자의 부인으로 억대의 재산을 가지고 있는 일본의 독특한 환상은 이제 환상 속에만 존재한다.

갑자기 계층분화가 심해지는 것은 위협이다. 일찌기 달콤한 꿀맛을 맛본 벌은 계속해서 당도 높은 꿀을 찾기 마련이다.

집단주의가 돌출할 때에 잃어버리는 것은 '상상력' 이다. 획일적인 가치관 이외의 것은 받아드리려 하지 않고, 상상조차 못하는 것이 '일본 병' 이다.

모두가 하나같이, 언젠가는 고가의 핸드백을 살 수 있을 것이라고 믿고 살아온 일본의 여성들에게 있어서 "당신은 고가의 핸드백을 평생 살 수 없는 계층입니다"라고 선고받는 것은 괴로운 일이다.

그러나 여성들에게는 아직 최후의 보류가 있다. 선택하지 않을 수 있는 부분이 있다. 가난한 배후자를 선택하지 않는 것이다. 계속 고액연봉자로 머물러 있으면 상관 없겠지만 구조조정으로 퇴직해버리면 '가난한 부인' 으로 남을 수밖에 없다. 특히 부유했었던 독신은 이전 수준보다도 떨어지는 결혼이라면 '안 하는 것이 더 낫다' 라고 생각하고 있다는 것이다.

1980년대부터 눈에 띄게 된 만혼, 비혼화의 배경에는 이런 여성들의 사고방식에 크게 기여했다.

〈JJ〉를 읽고, '하나코' 에서 놀고, 연애도 일도 결혼도 단념할 수 없는, 가장 욕심이 많은 세대이다. 게다가 스스로 노력을 해서 얻은 것도 아니고, 처음부터 부유했던 세대이다. 이런 멋대로의 우리 세대는 게다가 철저한 연애지상주의였다. 순정만화와 트렌디 드라마에서 각인된 연애를, 버블 시대에 체험도 했다.

이제와 생각해 보면 부끄러운 얘기지만 '크리스마스의 밤은 호화로운 호텔에서, 선물은 백만 원 정도의 티파니 권유'라는 잡지의 카피를 진지하게 받아들이는 문화가 있었다. 지금처럼 가격이 폭락하기 전의 일류 호텔의 방이, 크리스마스에는 완전 예약이었고, 이브 저녁에 번화가 한복판에서 택시를 잡는 것은 100퍼센트 불가능했다. 연인의 낭만적인 크리스마스 저녁이 아니더라도 아카프리(아카사카 : 赤坂 프린스 호텔)의 스위트룸에서의 전세 파티라는 것은 상대가 없어도 초라하지 않게 크리스마스를 보내는 하나의 방법이었다.

여대생 모델이었던 친구는 당시를 회상하면서 '그러고 보면, 고가 브랜드 상품을 자신이 산적은 한 번도 없었다'고 말한다. 우리들의 세대에 있어서 '연애'란, 택시를 잡을 수 없는 추운 거리에서 마주잡은 손의 따뜻함과, 고급 바에서 마신 샴페인 글라스의 거품처럼, 반짝반짝 빛나고, 두근거리는 것이 아니면 안 되었다. 그리고 결혼해서도 그것이 계속 이어지기를 바랬다.

"이제 각자의 집에서 사는 사람과 결혼하고 싶다. 예를 들면 아파트 옆집에 사는 사람이라든지"라고 친구는 말한다. 해외에서 컨설턴트 회사를 운영하고 있는 삼십대 싱글 여성이다.

"같은 집에 살면, 연애하는 기분이 없어질 듯한 느낌이다."

이와 같이, 우리들의 세대는 굳건한 연애지상주의자로, 독신 중에는 연애와 결혼이 상반되는 것이라는 것을 아직 모르고 있다.

2

가족신화에서 헤어나지 못한다

멋진 여성들의 결혼

멋진 여성이 늘어나고 있다. 일을 할 수 있고, 멋들어지며 의협심이 있는 여성들이다. 그러나 이런 여성들이라고 해서 결혼과 무관할 수 없다.

유미코(1968년 출생)양은 여성 월간지의 편집자이다. 환경문제와 여성문제 기사도 싣는 급진적 여성지이다. 특히 만혼, 소자녀경향에 동반되는 연금문제, 전업주부논쟁 등 시대의 첨단을 가는 여성관련의 분야를 담당하는 경우가 많다. 현재의 만혼, 비혼, 소자녀경향 등 결혼이 만만한 것이 아니라고, 싫증날 기사도 많지만 그녀는 말한다.

"이런 일을 하고 있지만 아이 세 명 낳는 것이 꿈이다."

당신의 세대(1960년대 후반)에서도 그런가?

그녀는 1960년대에서 가장 후반부에 속한다. 더구나 하는 일의 관계상 현재 일본의 남녀의 현실을 완전히 알고 있는 여성이다. 하지만 우리는 부모세대처럼 '가족신화' 가 각인되어 있다.

유미코 양은 최근 연인과 헤어졌다. 실연이었다. 오랫동안 교제해 온 애인과 헤어져, 자기계발 책을 사십 권이나 읽었다. 영국의 커리어우먼의 일상을 그린 〈브릿진 죤스의 일기〉 같은 책도 읽었다.

일본의 브릿진들도 연애에, 결혼에 괴로워하면서 일하고 있다. 지금 열심히 일을 하고 있는 것도 아이가 생기면 확실하게 그만 두고 키우고 싶기 때문이다. 그야말로 후회하지 않으려고 필사적으로 하고 있다.

여성들이 너무 '위' 로 가버렸다

1960년대 후반 출생인 세대도 '가족신화' 의 각인에서 벗어나지 못하는 세대라고 한다. '자신의 아이, 가족을 갖는다' 라는 것을 단념하지 못한다. 그러나 그들에게는 큰 걱정이 있다. 그녀들이 정작 반려자로 생각하는 남성은 자신보다 학력도 연수익도 아래인 여성을 구하기 때문이다. 그녀들은 동격 또는 그 이상의 남성을 필요로 하고 있어도, 남성측은 그녀들을 필요로 하지 않는다. 일본에서는 '멋진 여자' 가 되면 될수록 손해를 본다. 친구인 멋진 여성들을 봐도 알 수 있다. 일을 할 수 있다. 멋들어지고 활기차다. 포용력도 있다. 필자에게 아들이 있으면 며느리로 삼고 싶을 정도이다. 게다가 상당한 미인이고 센스도 좋다. 일과 동시에 취미도 게을리 하지 않고, 소멀리에(sommelier) 자격증을 갖고 있는 이도 있다. 와인이라면 또 귀여운 티가 있지만, 일본 술 문화에도 일가견을 갖고 있다.

그런 그녀들의 위를 가고 있는 싱글남성이 과연 존재할까? 있다고 해도 이미 다른 사람의 남편이 되었을 것이다. 당장은 연하가 좋다고 해도 막상 결혼에 있어서는 수긍하지 않는다. 남자의 이상에 관해서는 상당히 보수적이다.

일본인의 남자는 '귀여운 연하의 여성=자신에게 상처 줄 걱정이 없는 여성' 을 구하고, 여자는 '자신보다 연상의 경제력이 있는 남성=모든 면에서 자신보다 훌륭하다고 느낄 수 있게 해주는 남성' 을 구하고 있다.

야마다 마사히로(山田昌弘) 동경학예대 조교수에 의하면, 그것은 어떤 이성에 성적 매력을 느끼는가 하는 메커니즘에 편성되어 있다고 했다. 그것은 무엇인가의 각인이 아니라, 누구든 사냥감을 물기만 하면 그때부터의 본능에 가까운 것일지도 모른다. 좋아하는 이성을 만나면 가슴이 두근두근하는 정체에도, 실은 이런 메커니즘이 편성되어 있다고 한다. 그렇게 해서 여자는 안전한 보금자리를 얻고 우수한 유전자를 얻어 번식해 왔던 것이다. 변한 것은 여성들이 너무 위로 가버렸다는 것이다. 결혼난은 '부모의 경제력이 높은 전업주부의 여성' '고학력 고수입의 여성' 과 '저수입의 남성' 에게만 일어나고 있는 현상일지도 모른다.

최근의 애니메이션은 여자아이 남자아이의 구별이 없이, 여자아이도 변신해서 악과 싸우는 주인공이 된다.

오카다 도카오(岡田斗志夫)씨는, '왕자님을 기다리다 지쳐, 자신이 왕자님이 되어버린 여자아이' 라고 최근의 삼십대 독신 여성을 동화의 주인공에 비유하고 있다. 확실히 멋진 여성들은 자신이 왕자님이 되어버린 여성들이다. 왕자님이 왕자님과 결혼하는 것은, 최근유행의 동성연애의 세계뿐이다.

'아버지의 딸' 의 영원한 라이벌은 어머니

멋진 여성들은 사실은 아버지의 딸 영향을 받은 경우가 많다. 고학력인 그녀들은 아버지를 존경하고 있다. 어릴 때부터 그녀들은 공연히 아버지로부터 '남자라면 나의 후계자로 삼을 텐데' 라는 말을 들으면서 자란다. 엄마를 닮은 딸이라고 부르며, 함께 쇼핑을 가는 타입을 '엄마의 딸' 이라 한다면, 이쪽은 두말할 필요도 없이 '아버지의 딸' 이다.

그런데 결혼할 나이가 되면, 이해심 많은 아버지는 엄마와 결탁하여 '결혼이야말로 행복' 이라고 말하기 시작한다. 게다가 아버지가 바라는 것은 자신처럼 힘들게 자수성가한 유형의 남성이 아니고, 딸의 일생을 보장해 줄 안전적인 남성이다. 그러나 그녀들은 아버지 같거나 아버지를 능가하는 남성에게만 마음이 움직인다.

가나코(가명, 1959년 출생) 양은 오기가 나서 스스로 회사를 세우고, 사장이 되었다. 아버지는 그녀를 후계자에서 제외하고 자신보다도 못난 남동생에게 유산을 넘겨주었다. 삼십대에 맞선만 보게 했던 때는, 항상 남성을 아버지와 비교했었다기보다는, 전업주부인 엄마와 카드놀이하듯 중매 사진으로 승부를 가리고 있었다는 느낌이다.

자신의 카드는 중매상대 '사립대학 출신의 A씨'. 엄마의 카드는 '일류대학 출신인 남편' 이다. A씨를 남편으로 하면, 엄마에게 지고마는 것이다. 아버지의 딸에게 있어서, 엄마는 영원한 라이벌이기도 하다.

가나코 양의 아버지 같은 남편의 부인이 되는 대신에, 자신이 아버지처럼 경영자가 되어버렸다. 최근의 가나코 양의 즐거움은 초등학교 일 학년이 되는 딸을 맹목적으로 귀여워하는 것이다. 영리하고 귀엽게 장래 엄마를 닮은 미인이 될 것임에 틀림이 없다.

'아주 좋은 여자학교에 보내고, 장래에는 깜짝 놀랄 만한 부자에게 시집 보내는 것이다' 라고 하는 가나코 양은 생각했다. 그러면서 동시에 마음대로 되는 것이 아니라고도 생각했다.

실은 필자도 마찬가지다. 아직 유치원생이지만 잘나지도 못나지도 않는 보통의 미인으로 4개 국어를 할 수 있으면 되고 '아름답고 영리하게 자라서, 부자인 남자를 만나는 것이라고 만날 때마다 마음속으로 바라고 있다.

우리들은 어떤 여자가 이득을 보고 있는지, 마음속에서는 이미 오래 전부터 알고 있다.

3

여성들이 결혼을 거부하는 이유

현실적인 남자는 성가시다

싱글 여성이 '빠지면 안 되는 것이 SMAP(가수, 기무라 다쿠야, 나카이 마사히로, 가토리 신고, 이나카키 고로, 구사나기 츠요시, 다섯 명으로 구성된 그룹, 다섯 명이 솔로로도 활약하고 있고 굉장한 인기가 있다-역주)와 보물무덤이다. 특별히 어느 정도로 나이가 되어 결혼을 염두한다면 절대로 빠지면 안 되는 것이다' 라고 항상 말하고 있지만, 이미 여고생과 독신으로 돈과 여유가 있는 여성은 '어느 쪽이든지' 또는 '양쪽에' 빠져 있다.

세간에서는 '아이돌스타에게 꽥꽥 소리지르는 것은 어린 여자아이' 라고 오해하고 있지만 실은 SMAP 팬의 구성은 '성인으로 판단력 있는 삼십대, 사십대의 여성이 태반' 이라는 것이 틀림없는 사실이다. 전문직 여성도 많고, 재력이 있는 연상의 팬들에게 지지를 받는 아이돌스타도 꽤 있다.

2000년 가을에 SMAP 팬을 뒤흔든 대사건인 기무라 다쿠야

(木村拓哉)의 '혼전임신' 사실이 알려졌을 때도, 기무라 팬의 여성들은 갸륵한 한 마디밖에는 하지 않았다. "그가 선택한 여성이고, 이렇게 되었다면 이제 응원할 수밖에 없다" 실로 마음에 안 드는 며느리를 인정하는 엄마의 심정처럼 말이다.

필자인 나도 요 근래 이 년 정도 그들에게 빠져서, 콘서트도 빠뜨리지 않고 가고 있다. 삼십대의 일도 갖고 있는 편집일을 하고 필자의 친구도 마찬가지다. '일하는 여성이면, 광적으로 좋아하는 연예인이 반드시 있는 게 당연하다' 고 얘기하는 외국계 증권회사에 다니는 여성을 만난 적이 있다.

결혼해서 아이가 생겼는데도 가극에 빠진 친구가 있다. 결혼 전에 그녀는 화려한 연애편력 소유자였다. 지금은 이런 일로 너무 행복하다고 하면서 가극단을 따라 다니고 있다. 현실에서 연애에 정신이 팔려 있으면, 순간적으로 식어버릴지도 모른다. 작가인 야마모토 후미오(山本文緒)씨도, 에세이 속에서 "결혼생활을 하면서 한 밴드에 빠져 있었는데, 이혼한 후 바로 열이 식어버렸다"고 쓰고 있다.

최근, 아사히신문 등의 미디어에서도 언급한 'NN병' 도 'SMAP 증후군' 의 일종이다. 심리학 잡지 'PSIKO' 에서 연재한 기사 중에 이런 기사가 있다. SMAP의 나카이 마사히로(中居正廣) 주연 드라마, '하얀 그림자' (TBS 2001년 1월~3월까지 방영했다-역주) 의 팬이 드라마가 종료된 후 일 년이 지나도록 인터넷에 모여 드라마의 추억을 더듬는 현상이 있었다. 드라마를 비디오로 재생해서 되돌려 보는 부인을 본 남편이 'NN병 아니야?' (주인공 · 나오에 요스케(直江庸介)와 주연 · 나카이 마사히로의 머리 문자인 N을 겹쳐 'NN병' 이라고 이름 붙였다.-역주)라고 말한 것에서부터 시작되었다고 한다. 이 연재를 실은 작가도 중병의 환자처럼 느껴진다.

결혼한 여성이 연예인에 빠지는 것은 전화방과 호스트에 빠지는 것보다는 낫다. 그러나 삼십대의 독신여성이 연예인과 가극단에 빠지는 현상은 그다지 좋아보이지 않는다. 그것에 빠져서 현실의 남성과 관심이 없어지기 때문이다.

이 정도의 나이와 확실한 일을 갖고 있는 여성은 매우 바쁘게 살고 있을 것이다. 상대가 되는 남성측도 같은 상황일 것이다. 현실에서 남자와의 연애는 시간과 체력이 필요하다. 일과 사생활에서 똑같이 몰두하기는 매우 힘든 일이다. 이런 면에서 환상 속의 연애인과 연애를 하는 것은 훨씬 편하고 쉬울 수가 있다.

더욱이 깊게 빠져 있는 여성을 보면, 현실의 남자에게 할애할 시간이 없다고 말을 한다. 일을 하고, 회식에 참석하고, 예약 녹화한 비디오를 보고, 팬 사이트에 매일 뭔가를 써넣기도 한다. 팬으로서 그녀는 매일 매일이 바쁘다.

도모에(가명, 1964년 출생, 파견사원)라는 여성은 해외 공연까지 따라 다닌다. 홍콩 스타도 아시아의 아이돌 스타로 진화해서, 현재는 신선한 아이돌 스타를 찾아 한국까지 진출하고 있다.

1990년대에 우선 레슬리 첸을 시작으로, 장국영 등 홍콩 스타의 팬클럽은 일본에서도 성황이고 이들은 모임에서 홍콩까지 직접 찾아다닌다.

'장국영은 이제 우리에게 있어 가족 같은 것' 이라면서 영화제에서 보고 싶은 영화가 상영하면, 선발대로 가서 저녁 여섯 시 반에 시작하는 것을 보기 위해 줄서기를, 매일매일 녹초가 될 때까지 반복하기도 한다. "그가 있기 때문에 열심히 일한다. 호스트에 빠지지는 것보다 훨씬 건전하다." 그들은 말한다.

더 나아가 영국까지 찾아가는 여성도 있다. 하루의 즐거움만을 위하여 영국까지 날아 갔을 때는, 자신도 그 정열에 끌려 버렸다고 말한다. '가장 열렬한 팬' 으로 영국언론에 소개되는 것도 마다하지 않는다.

도대체 그 스타에게 받는 것은 무엇일까? 마흔 살 전후로 외로움에 비명을 지르는 독신 남성과 이처럼 힘이 넘치는 독신 여성 중에서 누가 더 바람직한 독신으로 사는 것일까?

"상상 속의 연애만 하고 싶다. 직접 연애를 안 해도 즐거운 일이 많이 있으니"라고, 어느 이십대의 SMAP 팬은 말한다. 연애에 많은 비중을 두었던 우리들의 세대에 비하면 다음의 세대는 더욱 몸이 가볍울 것 같다.

1990년대의 여성이 가장 꾸고 싶었던 꿈

한 때, SMAP 해산의 소문이 있었다. 그것을 들은 어떤 여성은 "SMAP가 해산하면, 신중하게 결혼을 생각하겠다. 마음의 지탱이 없어지므로."라고 했다. 어쩌면 만혼화를 걱정하는 당국에서 독신을 고집하는 여성에게 세금을 부가하겠다는 안건도 나올법한데 그것보다 SMAP가 해산하는 쪽이 효과가 있을지도 모른다.

독신을 고집하는 여성에게 자신의 앞만 보고, 큰 종이봉투를 손에 들고 걷는 남자, 남자만이 눈에 들어온다. 또 다른 도시에는 콘서트로 향하는 여자, 여자들만 있다. 이렇게 남자와 여자는 서로를 안 보고 묵묵히 엇갈려 가고 있다.

기무라 다쿠야는 확실하게 '혼전임신'에 대한 시각을 변화시켰다. 그러나 동경은 하지만, 그렇다고 여성들이 결혼과 출산으로 기울지는 않고 있다. 어차피 현실에는 기무라 다쿠야 같은 남자가 없기 때문이다. 하지만 필자는 혼전임신의 책임을 회피하는 것보다 떳떳하게 결혼하는 쪽이 멋지다고 여기는 남성이 늘어나기를 바란다.

SMAP가 아이돌 스타의 정점에 군림하는 1990년대는, 버블이 한창이었고 여성들이 그 이름대로, 버블처럼 부푼 꿈에서 어쩔 수 없이 깨어나게 하는 시대이다. 그리고 지금의 만혼화의 주역이라고도 할 수 있는 삼십대의 여성들은 그림 동화나 디즈니 영화에 나올 듯한 왕자님이나 순정만화에서처럼 '언제고 왕자님이……' 라고 철저하게 각인된 세대이다.

기무라 다쿠야를 보고 있으면 옛날의 순정만화에 나온 미소년의 얼굴이 떠오른다. 특히 기무라 다쿠야가 주연한 드라마를 떠올리면 주인공의 설정이 절묘한 것을 알 수 있다. 버블시대에 화려한 생활을 보내고, 그 버블이 지나고 무대에서 내린 한물간 모델이 여주인공이다. 거기서 순정만화에 나올 듯한 멋진 연하의 남성이 등장하고, 주인공을 사랑한다. 주인공은 버블 기간에 잡은 손상된 행복을, 결혼과 해외이민으로 보상받는다. 이거야말로, 1990년대에 여성들이 가장 꿈꾸고 싶었던 것은 아닐까?

콘서트가 끝났을 때, 옆의 여성이 중얼거렸다.

"아, 이것으로 또 일 년 열심히 살 수 있어."

콘서트에서 열심히 피켓을 흔든 필자도, 그녀도 틀림없이 타인에게는 보일 수 없는 얼빠진 얼굴을 하고 있었을 것이다.

현실의 남성으로부터, 그리고 남성과 마주보는 관계로부터, 어째서 우리들은 이런 힘을 받을 수 없게 되어버렸을까? 현실 속에서 아이돌 스타하고는 격이 다른 존재인가?

SMAP 증후군에서 벗어나는 네 가지

친구에게서 결혼한다는 전화를 받았다. 축하보다도 우선 놀랬다. 그녀는 바로 'SMAP가 해산하면 결혼하겠다' 라는 명대사를 토한 장본인이었다. 아직 SMAP가 해산하지 않았는데, 그들에게 빠져 있었는데, 어떻게 이 친구가 SMAP 증후군에서 탈피한 것일까? 설마, 그들과 닮은 열 살 넘은 연하 애인이라도 발견했다는 것일까?

점점 수수께끼가 늘어났다. 지난번 콘서트에서 피켓을 들고 있던 그녀에게 그런 기미는 눈곱만큼도 없었다.

아이돌스타는 언제까지나 아이돌스타다. 어디까지나 현실과는 다르다. 쫓아다니는 사람이라도 애인 정도는 있지 않을까라고 생각하는 것은 그런 경험이 없는 사람의 생각일 것이다. 현실의 남성에게 돌아왔다면 나는 그녀를 '증후군'이라는 진단까지 내리지 않았을 것이다.

다음은 그녀가 어떻게 환상 속 애인의 주술로부터 빠져 나와, 현실속으로 돌아왔는지를 추적한 보고서다.

【스텝 1】

히로코는 애인 없이 지낸 지가 이래저래 삼 년이 되었다. 지금의 애인은 텔레비전 안의 아이돌스타, SMAP의 가토리 신고군이다. 열 살 이상 연하지만, 대학원을 졸업한 자신이 사회에 나온 해와 신고군이 SMAP로서 데뷔한 것은 같은 해이다. 이렇게 비슷한 만큼 성장해가는 그의 모습을 쫓는 것은 자신에게 하는 격려이기도 했다. 제약회사 연구직에 근무하는 히로코는, 지금이 일에 익숙해져 가장 바쁜 시기다. 개인 시간도 아끼며 일에 전념한 그녀의 중요한 한때는, 바빠서 도저히 현실 속에서는 볼 수 없는 그의 모습을 비디오로 보는 것과 일 년에 한 번 생동하는 그를 만날 수 있는 콘서트이다. 처음에는 집에서 가까운 장소만을 갔었는데, 시간은 없지만 돈의 여유는 훨씬 많았다. 될 수 있는 한 출장 일정과 맞추어서 콘서트를 찾아 전국을 날아 다니게 되었다. 냉장고 앞에 붙여 놓은 큰 포스터에 미소지으며 인사를 했다. 편안하게 웃는 얼굴에

녹아 잔업의 피곤함도 훌쩍 날아 가버리는 한때였다. 때로는 키스도 했다. 그때, 포스터 안의 그와 눈이 마주친 듯한 느낌이 들었다. 잠시동안 지긋이 그와 시선을 마주했다. 마음이 서로 통하고 있다고 생각했다. 그리고 문득 정신을 차렸다. '어쩌면, 나 위험한 곳까지 와 있을지도' 그날부터 탈출로 향한 스텝이 시작되었다.

【스텝 2】

"얘, 지금 네 집에 남자 데리고 갈 수 있니?"

그렇게 말한 사람은 직장의 여성 선배였다. 히로코는 움찔했다. 히로코의 집안은 SMAP의 포스터가 여기저기 붙여져 있었다. 같은 나이의 여성과 비교해서 매우 잘 사는 편이었지만, 마음에 드는 하얀 벽은 벌써 공간이 없을 정도로 포스터와 사진조각으로 가득했다. 거실은 모두 이미 본 비디오와 미처 보지 못한 비디오의 더미가 여기저기서 붕괴를 일으키고 있었다. 오려내지 못한 아이돌 스타 잡지도 일의 자료와 함께 산더미처럼 쌓여 있었다.

남자가 왔다가 도망칠 듯한 방 아닌가?

선배는 이혼경력이 있고, 한 아이의 엄마였다. 직장에서는 보기 드문 전문직 여성이었다. 자신보다 경험 많은 선배의 충고를 감사하게 듣기로 했다. 그날 밤부터 히로코는 포스터를 떼고, 비디오와 잡지 등을 정리하기 시작했다. 남자를 데리고 올 수 있는 환경으로 정비하게 되었다. 그리고 직장에서는 프로젝트를 맡아, 쌓여 있는 비디오를 체크할 시간조차 없이 바쁜 날들이 계속되었다.

【스텝 3】

히로코의 내면에서 SMAP에게 향했던 여러 해 동안의 정열이 조금 식어갈 때, 결정적 사건이 일어났다. 세상이 다 아는 기무라 다쿠야의 혼전임신이다. 전부터 기무라 다쿠야의 팬들에게 신경을 곤두서게 하는 보도가 계속되고는 있었지만 결정적으로 폭로가 된 시기는 콘서트의 절정의 순간이었다. 그 날의 팬은 비참했었다. 항상 활발하게 써주는 차트와 홈페이지 게시판도 모두 침묵했다. 아무리 현실을 안 보려고 해도, 콘서트회장에서 "나, 결혼합니다"라고 눈앞에서 선언을 하면 끝난 것이다. 유리처럼 깨지기 쉬운 가상의 세계는, 압도적인 현실 앞에 산산조각 나려고 했었다. 기무라 팬이 아니라고 해도 '해산' 이라는 문자가 춤을 추는 스포츠 신문을 볼 때마다 위가 쪼그라드는 듯한 생각이 들었다. 'SMAP가 해산하면, 신중하게 결혼을 생각하겠다. 마음의 지탱이 없어지므로' 이렇게 생각하기 시작했다. 보통의 아이돌스타처럼 사라지지 않고, 전대미문의 오랫동안 지속된 스타로 군림하는 그들도 사람의 자식이다. 그들이 없어지면, 그 모습을 텔레비전에서 볼 수 없게 되면, 쉽게 다른 아이돌스타에게로 마음이 변할 수 있을까? 여러 해 동안 SMAP의 팬으로 있다가, 지금은 연예계에 빠져 있는 선배를 생각하게 되었다. 유능한 영업직의 여성으로 시스템 다이어리에 끼어 둔 사진을 본 거래처 부장이 아들이냐고 진지한 얼굴로 물었던 적이 있었다. 거기까지 가면, '나, 위험하다……'

【스텝 4】

매년 SMAP의 콘서트가 끝나는 것은 달력이 바뀔 때였다. 일 년을 싸워나갈 용기와 힘을 얻어, 내년 또 그들을 만날 수 있을 때까지 열심히 해야겠다고 생각했다. 그러나 그 해의 콘서트가 끝난 후는 히로코와 팬들도 모두 기가 빠진듯했다. 그 때 만남이 있었다. 같은 직장의 남성이었다. 잘 생긴 얼굴은 아니었지만, 원래 히로코의 이상형과 닮은 학구파 타입이었다. 오랜만에 자신이 먼저 접근하고 싶은 사람을 만났다.

지금까지의 연애 경험은 매우 다양하다. 그러나 지난 삼 년은, 오로지 SMAP만을 바라보고 생활했다. 목욕 재계는 끝났다. 지금이야말로 행동할 때다.

조금씩 행동으로 보수적인 그와 겨우 컴퓨터의 업그레이드 등을 핑계삼아 데이트까지 하게 되었다. 상대는 매우 연애에 둔한 편이었다. 그렇지 않다면 온화하고 그다지 문제가 없어 보이는 남자가 이 나이까지 혼자서 있을 리가 없다.

옛날에는 전기 수리를 구실로 남자를 방에 드렸다고 들었는데, 지금은 컴퓨터가 있다. 처음으로 집에 데리고 온 것도 그것이 구실이었다. 기합을 넣어 밥을 짓고, 이것저것 하면서 늦게까지 함께 있었지만 진전이 없었다. 집 밖까지 나와서, 어렵게 "버스정류장까지 같이 갈까요."라고 기특한 말을 한 이유는 뭔가 기회가 필요했기 때문이다. 그러나 둔한 상대는 무뚝뚝하게 괜찮다고 대답했다. 왜 그때 마음을 몰라주었을까. 화가 나서 등을 돌렸다.

"히로코 양!"

불러 세웠다. "내일, 늦지 않도록 해요."

그녀는 더 화가 났다.

"히로코 양!" 이번은 쫓아오는 발소리가 들렸다.

"결혼해 주십시오!" 드라마처럼 분위기가 빠르게 차가워졌다. 기쁨과 놀람으로 다리가 떨렸다. "어떻게 할 셈이죠?" 라고 묻고 싶었다. 아직 교제도 없었는데 말이다.

"좋다든지 싫다든지, 우선 있잖아요?"

"좋지만, 그런 것 말할 수 없잖아요……"

연상의 남자는 촌스러운 뿔테 안경을 끌어올리면서, 작게 중얼거렸다. 그 후 두 사람은 달콤한 밤을 지내지 않았다. 서투른 성인 커플이다. 아무튼 방에 다시 돌아와 입이 무거운 그가 조금씩 말을 꺼냈다. 그날부터 두 사람은 결혼이라는 고풍으로 현실적인 목적을 향해 움직이기 시작했다.

그 후 교환한 두 사람의 편지에서 프로포즈까지의 과정을 모은 것이다. 걸작이다. 여기서 전부 공개할 수는 없다. 비밀로 보여주었기 때문이다. 게다가 그 안에는 언제고 드라마라도 쓸 때까지 소중하게 간직하고 싶을 정도의 굉장한 대사가 있었다.

엇갈리는 무리 안에서 만난 두 사람

히로코는 '매우 현실적인 커플' 이라고 했다.

서른 여덟 살과 마흔 네 살이라는 만혼 커플이고, 그녀는 대학원 졸업의 전문직이고, 그는 경제적 면에서 같은 직장이지만 그녀 쪽 수입이 훨씬 많은 커플이다.

이 커플은 SMAP의 콘서트에 모여드는 여자들과, 아키하바라만을 향해 걷고 있는 남자들, 말하자면 엇갈릴 뿐 결코 서로를 보지 못하는, 이 두 주류의 무리에서 탄생한 커플인 셈이다. 이 이야기는 전문직 여성이 가상의 애인을 날려보내고 현실에서 남성과 맺어지기까지의 단면이지만 동시에 소심한 자신을 극복한 남성의 이야기이기도 하다.

너무 소심해서, 일은 어찌되었든 여자와 이야기도 제대로 하지 못한다. 이런 남성의 존재가 표면으로 드러난 것은 자기를 강하게 주장하는 것이 요구되는 미국에서 시작되었다.

일본에서도 '남자는 과묵하게……' 라는 말이 있듯이 남성이 과묵하게 있는 것과 여성이 수줍어하는 것은 미덕으로 되어 왔다. 하지만 지금 소심한 남자는 인기가 없다. 더욱이 여성이 전보다 좀 더 적극적으로 남성을 선택하는 요즘, 중매라는 것이 남성을 구제하는 경우도 있지만 지금은 이것마저도 별로 힘이 없다. '당신은 나의 열쇠이다' 라고 그는 히로코에게 말한 적이 있다. 그는 직장에서는 그럭저럭 일에 묻혀 지내지만 실은 '다른 사람과 있으면 피곤하다' 고 항상 생각하고 있었다. 그런데 히로코는, 열쇠를 잠그고 또 잠가도, 자꾸 열고 들어왔다. 히로코와 함께 있으면 '아, 이런 자신도 있었구나' 하는 신선한 발견을 했다. 그런 그녀를 좋아하게 되었고 그는 지금까지의 서투르고 우유부단했던 자신을 이겨낼 수 있다.

'사랑해요' 도 아니고 '좋아합니다' 도 아닌, 쥐어짜듯 겨우 한 말이 '결혼해 주십시오' 였던 것에 필자는 감동했다. 결혼이 이런 형태로 필요로 되고 있는 것에 안심했다.

아무리 가족과 결혼이 그 가치를 잃고, 역할을 끝냈다고 해도, 결혼이라는 형태가 아니면 이성과의 연결고리가 없는 사람도 많을 것이다. 연애경험이 있는 여성이 보면, 연애경험이 없는 남성은 뭔가 부족한 것이 보통일 것이다. 하지만 히로코는 그렇게 생각하지 않았다.

마흔 네 살로 지금까지 여자와 제대로 교제한 적도 없는 사람이 말해 준 '결혼' 은 스물일곱, 여덟 살인 사람의 '결혼' 과는 무게가 다르다.

지금, 히로코는 '꿈이라면 깨지 말아다오' 라고 생각할 정도로, 행복의 절정이다. 그는 아침을 준비하고 히로코를 출근시키기도 한다. 저녁은 두 사람이 쇼핑을 해서 70퍼센트는 히로코가, 30퍼센트는 그가 만든다. 두 사람의 저녁은 열 시가 넘을 때도 있다. 마흔 네 살까지 부모님 집에 있으면서, 모든 것을 엄마가 해 주었는데, 그에게는 가사와 요리를 부인에게 배우는 것에 전혀 구애받지 않고 있다. '또 다른 자신' 이 되어 가는 것을 즐기고 있다.

결혼으로 인해 이전과는 다른 생활을 하는 그는 행복하다고 했다.

예전에는 여성이 결혼으로 삶이 재발견되었다. 지금은 반대다.

히로코는 얼마 전에 쇼핑을 갔는데, 사고 싶은 투피스가 있었다. 입어보았더니 어울렸다. 상당히 고액이었지만, 그는 시원하게 "어울리니 내가 사줄게요"하며 지불했다. "저 투피스가 잘 어울리죠?"

탈의실에서 히로코는 그가 점원에게 이런 말을 하는 것을 듣고 얼굴이 붉어졌다.

히로코는 장기 출장으로 집을 비우는 일도 많았지만 그는 히로코를 열심히 외조했다. 히로코는 이런 그에게 애정의 표시로, 성을 바꿨다. 직장도 메일주소의 이름도 모두 바꾸었다. 부부별 성은 아직 도입되지 않았지만, 히로코처럼 전문직 여성은 결혼 후에도 통칭으로 사용하는 것이 대부분이다. 직장에서 이름을 바꾸겠다는 선언을 했을 때, '아니, 왜?' 라며 모두 놀랬다. 지금은 그런 시대이다.

4

습관성 맞선보기

맞선보는 남자들의 현상

중매결혼과 연애결혼의 비율이 역전한 것은 1960년대부터이다. 그 때까지의 '집'을 중심으로 한 결혼에서 근대적인 '사랑을 기초로 한 가족'의 시대로 돌입했다. 누구나 자유연애로 결혼하는 것이 당연하게 되었다. 그렇지만 연애와 결혼의 밀월은 십이 년밖에 계속되지 않았다. 1980년대부터, 일본인의 '결혼비율'은 감소하고 있다.

단지 여성이 결혼을 거부하는 게 아니다. 결혼욕구는 쇠퇴하고 있지 않지만, 지금의 이십대 삼십대는 연애와 일, 모두 바빠서 마음에 들지 않는 결혼을 할 정도의 여유가 없을 뿐이다. 그렇다면 절실하게 결혼을 원하는 사람은 어디에 있는 걸까?

그런 사람이 많이 모이는 장소가 바로 중매시장이다. 중매라고 해도 최근에는 인터넷 중매, 중매 파티 등 여러 형태로 진화를 하고 있지만 신상서와 사진을 교환하고, 중매쟁이에게 맡기는 중매형태도 존재한다.

절반의 사람에게는 중매라는 것이 미지의 세계임이 틀림없다. 남성이라면 시골의 어머니가 사진을 보내와서, 거절했지만 조금 귀여워서 아까웠다는 정도의 기억이 한 편에 있을 것이다.

그렇다면 어떤 사람이 선을 보는 것일까? 여성 입장에서 말하면, 중매경험의 회수를 자랑하는 것은 압도적으로 싱글 여성들이다. 그리고 왜 선을 보는가 하면 "선을 안 보면 안 돼요!"라는 대답을 한다. 그것은 거의 쥐어짤 듯한 비명에 가깝다.

내가 이십대 후반에서 삼십대 전반에, 여러 번 선을 보았을 때 비슷한 처지의 친구들과 대화를 할 때면 이상하게 흥겨웠다.

대머리였고 작았으며, 졸장부였다 등의 이야기는 제쳐놓고, 커피숍에서 자신의 커피 값조차 각자 내기로 할 정도로 인색하다는 등 흥미만점의 이야기가 이어진다.

지금까지 학교에서나 사회에서 본 적이 없는 타입, 만약 근처에 있어도 절대로 친구가 될 수 없는 타입, 기묘하고, 희귀한 남자가 맞선을 보러 계속해서 나왔다. 일들은 얘기를 가지고 나는 이 남성들에게 '맞선 보는 남자' 라는 이름을 붙여, 주간 〈SAY〉에 '헤이세이(平成) 중매 사정 레포트, 맞선 보는 남자 일기' 라는 연재를 시작했다.

패러사이트싱글의 좌절

부모 밑에서 언제까지나 기생하며, 풍족한 생활을 즐기며 불황을 모르는 이십대, 삼십대들을 '패러사이트싱글' 이라고 부른다. 이런 사람들이 천만 명이나 있다는 것은 일본만의 특이한 현상 같다. 아시아의 개발도상국의 가족은 함께 사는 것이 '생존' 을 위해서지만 일본은 이제 아니다. 그러나 미국이나 유럽처럼, 자녀들이 집으로부터 독립해서 나가지 않는다.

패러사이트에도 여러 종류가 있어, 동경과 그 근교 출신인 남자패러(남자 패러사이트)는 좀처럼 결혼을 하지 않는다. 가사를 해주는 모친이 있고 집세를 지불하지 않아도 괜찮다는 현실적인 이유로 패러사이트를 즐기고 있다. 같은 일을 하는 여성이라도 집세를 지불하고, 스스로 가사를 하는 유형도 있지만 반대로 단순한 몇 가지 일 이외에 남에게 모든 것을 맡기는 경우도 있다. 게다가 사회적으로 화려하게 성공하고 있는 여성 중에는 이런 유형이 훨씬 많다.

철저하게 스스로를 즐기지만 패러사이트의 생활이 고통으로 변하는 순간도 이때다.

세상에는 '결혼은 중매로 하는 것' 이라고 각인 되어 있는 여성들도 있다. 그런 여성은 결속력이 강하고 특히 나중에 전업주부나 딸이 되어도 사이가 좋다. 사이가 좋은 가족 안에서 자란 딸로, 결혼은 인생의 전환이 아니고, 관계가 좋은 가족을 존속시키기 위한 불가결한 요소이다.

현모양처가 되기 위해 자랐고, 커리어우먼이 아닌 좋은 아내, 좋은 엄마가 되는 것이 지상의 사명이다. 그러한 가족의 경우, 결혼 후에도 사돈까지도 더욱 좋은 가족으로 확대해 가는 경우가 많다.

'맞선 보는 남자' 가 정리되어 책으로 되어갈 즈음 되었을 때 기사거리를 제공해 준 친구들을 계속 만나는 동안에 삼십대 전반은 삼십대 후반으로, 이십대 후반은 삼십대 전반으로 이동하고 있었다. 결혼해 있는 사람은 있었지만 선을 봤음에도 중매결혼을 한 사람은 한 사람도 없었다.

오십 번 선보고도 결혼 못하는 그 사정

가오루코(薫子)양(1967년 출생, 피아노 교사)은 맞선을 오십 번을 넘게 봤다고 희비가 엇갈리는 얼굴로 필자에게 말해 주었다. 결혼을 결정하지 않는 딸에게 부모가 중매클럽에 등록해, 지금은 매주 토요일을 맞선보는 일로 보내고 있다. 삼 년 전 인터뷰 때보다 더욱 부모의 기대는 높았다.

그녀는 부모가 중매를 멈추지 않는다고 했다.

그녀는 여유가 있고, 얌전한 부잣집 딸이었다. 복장도 고급스럽고, 집은 항구근처에, 명품 브랜드로 치장하지 않은 청순한 여성이다. 맞선을 계속해서 보는 여성은 지금의 패러사이트싱글보다는 얌전한 이미지의 사람이 압도적으로 많다. 이러한 여성이 오십 번이나 선을 보고도 결혼 못하는 것을 보면

'얼마나 이상이 높으면' 이라고 생각하기 쉽다. 그러나 그녀의 상대는, 이 세상 사람이라고는 생각할 수 없을 정도의 독특할 정도의 남성이 나온다.

지난주 맞선자리에는 그녀가 싫어하는 타입의 남자가 나왔다. 앞머리를 높게 세우고 옆머리를 붙인 머리에 아지랑이 문양의 실크 셔츠를 입고 있는 그를 보면서 '저 사람만은 아니도록' 하고 엉겁결에 마음속으로 빌고 있었는데 그 사람이 바로 눈앞에 섰다.

"저 혹시?" 먼저 말을 걸어왔다.

그녀는 갑자기 빠른 걸음으로 돌아섰다.

또 한번은 부유한 외동아들이었다. 사십 세를 훨씬 넘은 그는 집안의 대가 끊어지면 곤란하니 다섯 명의 자녀를 낳을 수 있어야 한다고 했다. 무서운 생각까지 들었다. 대꾸하고 싶었다. 그가 매고 있는 넥타이는 문장을 세긴 오리지널이었다.

한 변호사와는 두 번째 데이트에서 '잔디 위에서 야외 오찬' 이라는, 낭만적인 신청을 받았다. 샌드위치를 준비하고 있었는데, 그는 와인 병 코르크도 열지 못했다. 결국, 잔디에 있었던 것은 십 분 정도였다. 꽃가루 알레르기가 있었던 그는 코피를 흘려서 그만 서둘러 레스토랑으로 들어가는 처지가 되었다. 초면인데도 엄마처럼 하나에서 열까지 아무렇지 않게 돌보아 주기를 원하는 어린아이 같은 그의 처사에 그녀는 질렸다.

그녀가 특별하게 이상한 사람들에게 걸리는 것은 아니다.

중매의 세계에서는 이런 이야기는 희귀한 것도 아니다. 극단적으로 의사소통이 안 되고 또는 콤플렉스의 앙갚음으로 묘하게 공격적이기도 한 사람도 많다. 착실하게 이야기를 주고받을 수 있는 사람을 만나는 것만으로 안심하는 것이 맞선의 세계이다.

거절하려고 하면 부모와 마찰이 생긴다. '교제하다 보면 좋은 사람일지 모른다', '대화 같은 건 맞지 않아도 부부가 되면 애정이 솟는다'는 말은 부모의 정해진 문구이다. 그러나 어디까지나 사람의 일이다. 어느 날 드라마를 보면서 부모가 생각 없이 한 말에 대해 그녀는 아연했다.

"요즘에는 남자들이 예뻐졌어. 내가 젊었을 때는 아버지도 핸섬한 쪽이었는데."

또 다른 맞선 상대는 3일이면 익숙해진다고 입버릇처럼 말했다. 그녀의 작은 엄마는 중매로 잘생긴 외모의 남편을 손에 넣고, 딸에게는 적당히 하라고 말했다.

일도 못하고, 시집이나 가서 아이를 낳는 것밖에 방법이 없다고 그녀의 엄마는 말했다.

그녀는 부모의 말이 사실이었지만 인정하고 싶지 않았다.

부모가 입힌 무겁고 예쁜 갑옷에 꼼짝달싹 못하는 그녀이다. 그녀는 연령과 함께, 점점 자신의 가치가 떨어져 간다고 생각하고 있다. 그것을 알게 해주는 것은 모친과 맞선상대인 남성이다.

급기야 결혼만 해다오. 혼약파괴라도 좋으니까, 혼약까지만 하라고 엄마는 가오루코를 설득했다.

연애라도 해봐라는 충고도, 여기까지 이르면 허무하지 않다. 이 상태에서 그런 마음의 여유는 도저히 없다. 풀솜에 싼 듯이 자란 지금, 그녀는 질식할 것 같다.

맞선의 반복이 미궁으로 갈 줄이야

"이제 정말 싫다. 이런 사람하고 함께 밥을 먹어야 한다니? 가엽다는 느낌이 들었다."

사나에(早苗) 양(1961년 출생, 인테리어디자인 사무실 근무)의 친구인 미도리 양은 말한다. 미도리는 정열적인 여성편집자이고, 좋은 환경에 자라서 경쟁심이 별로 없는, 사나에하고는 동료이다. 선을 본 후 사나에가 이제, 정말 싫다라고 스트레스를 발산하는 데는 지겹도록 같이했다.

사나에도 맞선을 오십 번이나 넘게 봤다. 맞선경험이 전혀 없는 미도리가 호기심에 가득 차서 만나기로 한 장소에 가서 먼저 상대를 본 그녀는 애늙은이라고 난리를 쳤다. 맞선 경험이 풍부한 친구의 덕택으로, 적어도 미도리에게는 '중매를 최후의 선택으로 하자' 든지 '여차하면 좋은 남자가 올지도' 같은 어설픈 마음은 사라졌다.

미도리 입장에서는 사나에의 행동에 화가 날 때도 있다. 그러나 실제로 사나에의 맞선보는 것을 뒤에서 관찰하고, 사나에를 화나게 한 맞선 상대의 이야기를 듣고 '결혼하려면, 이런 경험까지 하지 않으면 안 되는 걸까?라고 아연해질 때가 많다.

횟수를 거듭할수록, 끊임없이 미궁으로 들어가고 있는 듯한 사나에의 맞선 경험담은 당사자에게는 화가 나고 눈물의 비극인데, 타인이 보면 희극인 것이다.

중매결혼은 조건과 조건의 싸움이다. 중요한 것은 균형이다. 신장이 145센티의 여성이라면, 160센티인 남성이 좋을 것이고, 여성 측이 이제 나이가 나이인 만큼, 이류기업이라도 만족할 것이고. 그런 식으로 맘대로 판단하는 균형이다.

여성의 조건은 가문, 용모, 학력, 연령이고 남성의 조건은 학력, 일, 가문, 연령순이다. 여성에서 일이 중요시되지 않는 것처럼, 남성에게서는 용모는 문제가 되지 않는다.

"위험한 남자는 중매쟁이 아주머니가 사진을 주지 않는다. 확신범이다."

사나에도 몇 번인가 그런 경우가 있었다. 상대는 자신의 얼굴을 보고 있는데, 이쪽은 여차하면 생애의 반려자가 될지도 모르는 사람과 만나는데 사전에 얼굴을 볼 수 없다.

"남자는 괜찮다"라고 분명히 듣는다.

중매의 세계는 지금도 남존여비 '여자는 과거, 현재, 미래에도 안주할 곳이 없다' 의 세계다. 본인이 여자로서 아무리 인생경험을 쌓고 갈고 닦았다고 해도 연령과 함께 조건은 내려간다. 그래도 열심히 살고 있다. 그런데 자신의 가치가 서서히 내려가는 것을 주위에서 합세한 여러 사람이 뼈저리도록 느끼게 하고 있다.

이 전의 상대는 이가 한 대 없었다. 앞니가 세 대인데, 갑자기 이가 빠져서 치과에 갈 여유가 없었나보다고 생각했었는데, 삼 주 후에 만났을 때도 역시 없었다.

돈이 없는 것도 아니다. 원래 부유한 편으로 보통 이상이었다. 이가 빠진 얼굴로도 자신이 있다고 생각하는 건지 그녀는 고민했다. 그렇다고 해서 단번에 거절하지 않았다. 이가 없는 얼굴로 만나도 좋을 정도로 생각하는 여자와 정말로 결혼하고 싶은 걸까?

최근에는 괜찮다고 생각할 정도의 사람도 없다. 그래도 맞선을 멈출 수가 없다. 이렇게 되면 인내심 테스트다. 어디까지 자신이 상대에게 인내할 수 있을까 확인해가는 것이 매번 데이트의 한계이다. 점수를 더하는 가는 것이 아니라 점점 마이너스가 되고 있다.

첫인상, 뒷모습은 차례로 살핀다. 중매쟁이가 동석한 경우 처음부터 힐끗힐끗 상대를 관찰할 수는 없다. 여자는 조심스러워야 한다는 것이 배어 있다. 자리에서 일어날 때에 겨우 일어난 상대의 뒷모습을 볼 수 있다. 그 뒷모습 옆에 자신을 놓고 보았다. 나란히 걸을 수 있는 사람인가? 머리도 있다. 이도 있다. 일단은 합격이다. 그러나 직장 근처에서 빨리 벗어나고 싶다. 누군가 아는 사람에게 나란히 걷고 있는 모습을 보이고 싶지 않기 때문이다.

두 사람이 되었다. 여기서부터 상대방은 서로를 보호하려고 애쓴다. 저녁 먹을 장소를 정하지 못하고, 우물쭈물하는 사람도 있다. 또 이것밖에는 없다는 식으로 익숙한 코스로 재빨리 안내하는 경우도 있다. 배가 고픈지, 어떤지 먹고 싶은 것을 물어보는 일도 없다. 상대가 선택한 곳은 도시락 집이었다. 맛있는 생선초밥을 먹을 수 있는 장소가 아니었다. 여기서 한 점 마이너스가 되었다.

상대는 술을 못 마셨다. 나이도 먹을 만큼 먹었으면서 맥주도 못 마셨다. 그러니 또 마이너스이다. 이 쪽은 귀엽게 좋아하는 브랜드의 맥주를 주문했다. 이제 참을 수 없다.

대화가 진행되지 않았다. 이런 현상은 보기드문 일도 아니다. 맛없는 것을 퍼석퍼석하게 먹었다. 빨리 돌아가고 싶은 마음을 참으며, 열심히 대화를 했다. 상대가 말이 없어 거의 혼자서 떠들다 보니 목이 말라 손수 맥주를 따라서 마셨다.

계산을 해야 하는 순간이 와도 상대는 계산서를 갖고 있지 않았다. 두 사람이 꽤 비싼 가격의 저녁을 먹었다. 조금 전 커피숍에서도 각자 지불했으므로 지불할 생각은 없을 것이다. 이때 비참한 기분이 드는 것은 당연하다. 여자를 위하여 이 정도도 돈을 쓰지 않는 사람과 정말로 결혼할 수 있을까?

겨우 끝났다. 녹초가 되어 있다. 가능하면 돌아가고 싶었다. 그렇지만 여자가 정하는 것이 아니라고 생각했다. 상대는 더 재촉하지 않고 헤어지려고 하고 있다.

그녀는 역까지 함께 가려고 했지만 그는 근처에 자전거를 세워 두었다고 했다. 기가 막혔다.

친구에게 전화해서, 머리를 식히고 집에 들어가야 겠다고 말하고 싶을 때가 바로 이럴 때다. 친구를 불러내서 저녁을 먹고, 술을 마시고 돌아갔다. 집에 돌아오면 어느새 다시 만나고 싶다는 상대의 메모가 남아 있다. 첫 대면에서 그런 태도를 보이고도 결코 사나에가 마음에 안 든다는 것은 아니었다.

어느 정도까지 자신이 허용할 수 있을까.

이미 '수행'의 단계일지도 모른다. 서로 헤아려서 대충 값을 매기는 중매는 사람의 손에 의해 간단하게 시작하기 때문에 정신적으로 힘들다. 짧은 기간 안에 거절하고, 또는 거절당하기도 한다. 알지 못하는, 게다가 자신조차 안중에도 없는 남자에게 '당신은 안돼'라고 통보받으면 상처는 깊다.

부모가 마음에 안 들어하는 상대와는 결혼할 수 없다

사나에는 나름대로 괜찮은 사회인이다. 인테리어디자인 사무실에는 결혼할 때까지 눌러 있을 계획으로 취직했다. 일 자체도 재미있고 회사에 다니면서 인테리어코디네이터 학교에 다니면서 공부도 했다. 지금은 회사에 의뢰들어온 맨션의 모델하우스를 맡고 있다. 그녀는 상냥하고 접대도 잘하고 고객에게도 신뢰받고 있다. 좋은 동료들도 많다. 잡지사 여자 친구들, 모델 룸 때문에 물건을 대량으로 사드리면서 친하게 된 거래처도 있다. 웃으면서 즐겁게 식사를 하고, 술을 마실 수 있다.

결혼이라는 한 점을 제외하면 사나에는 굉장히 혜택받은 사람처럼 보인다. 그런 그녀가 왜 그렇게까지 상처를 받으면서 중매를 단념하지 못하는 걸까?

그것은 '가족'의 탓이다. 삼대가 한집에 살고 있는 행복한 가족이다. 할머니는 누가쓰케(야채 따위를 소금이나 된장에 담금, 또는 그 담근 것-역주)를 맛있게 담그는 명인이고, 사나에는 사무실을 찾아오는 손님에게 차와 곁들여 내놓는 과자 대신에 누가쓰케를 내놓기 위하여 항상 사무실에 갖다놓고 있다. 책에 나올 듯한, 가문 좋은 가정을 떠오르게 한다. 편집자인 미도리는 사나에의 집에 밥을 먹으러 가면 바빠서 뒤죽박죽 되어 있던 마음이 '아주 평화로워진다'라고 했다. 가족들은 사나에가 행복한 결혼을 하기를 바라고 있다.

여고시절, 여대생 시절에도 부모가 싫어하는 상대를 만나지 않았다. 그렇다고 해서, 부모가 성가시게 간섭을 하는 일도 없다. 무의식적으로 스스로 '부모에게 좋은 아이'의 행동을 취했다. 좋은 가족이니 슬프게 만들고 싶지 않았다. 이처럼 맞선 경력이 많은 여성은 가족애가 굉장히 좋다.

자신이 연애로 찾을 수 없다는 것을 알고 있기 때문이다. 부모에게 있어서도, 자신에게 있어서도 좋은 결혼상대를 연애에서 찾을 수 있을 정도로 그렇게 쉬운 것이 아니라고 생각하고 있다.

가족의 소중함, 좋은 점을 알고 있기 때문에 더욱 결혼해서 가족을 구성하고 싶은 마음이 강할 뿐이다.

이상형의 남성은 학자타입으로 뭔가 열심히 할 수 있는 것을 갖고 있는 사람이다. 공룡의 알을 찾고 있는 듯한 사람이 좋다. "나를 좋아하는 사람과 결혼하고 싶다. 하지만 공룡의 알 다음으로 좋아해도 좋다."

일본의 전통적인 가정에서 사랑받으며 자란 사람들이 자신이 자란 가정을 재생산할 수 있는 시대로 돌입하고 있다.

맞선자리에 나오는 남자는 순진한 젠더를 내세우고 있다. 한편, 뛰어넘을 수 없는 여자라는 것을 인정하고 중매를 원하는 여성의 대부분은 보수적인 타입으로 리드해 줄 남성, 의지할 수 있는 남성을 구하고 있다. 다시 말하면 대등하지 않다는 것을 수용하고 있는 것이다. 그러나 맞선장소에 나오는 남성은 리드는커녕 착실한 에스코트, 대화조차 안 되는 사람이 많다.

사나에는 중매 상대자와 함께 같은 장소를 세 번이나 갔었다. 상대가 제시한 코스를 정중히 거절하면, 갈팡질팡하며 곤란한 적이 있었다. 그래서 그녀는 그 후로는 귀찮아서 어디를 가든 처음인 듯한 얼굴을 하기로 했다고 한다.

왕자님은 이제 없다

그녀들이 결혼 못하는 이유는 부모세대에나 있었던 '중매 세계의 좋은 남자'가 전멸하기 일 초 전에 있는 것도 큰 이유이지만 진짜 이유는 다른 곳에 있다. 대결하지 않으면 안 되는 것은 부모세대에 각인 되어 있는 '반드시 갖추어야 하는 자신의 모습' 이다.

또 한 예가 있다. 그 여성의 엄마는 굉장히 지배력이 강한 사람이다. 오빠와 동생은 대학재학 중에 결혼하여, 일찌감치 집을 나갔다. 남은 그녀는 무의식적으로 엄마가 원하는 상대를 선택하려고 애썼다. 이십대부터 삼십대 초반까지 본 맞선 횟수를 모두 기억할 수 없지만 오십 회를 넘었다. 결혼을 염두한 데이트는 잘 안 되었다.

오 년 정도 상담을 받으러 다니면서, 자신과 마주 대해보았다. 선을 보러 나가면 불안정하다. 여성 측에서 거절하면 안 된다는 관습 비슷한 게 있다. 그녀는 마음에 들지 않는 상대의 전화가 무서워 전화선을 뽑아버린 적도 있다.

결혼을 안 하면 안 될까, 이러한 사람을 좋아하면 안 될까 하고 자신이 뒤집어 쓰고 있는 껍데기 같은 것을 싹싹 찢어버리고 왔다. 지금은 겨우 엄마에게 중매는 싫다고 말할 수 있게 되었다.

상담에 의하면 '결혼하고 싶지 않은 나' 는 '결혼에 적합하지 않은 상대' 만을 무의식적으로 선택한 경우가 있다.

결혼하고 싶지 않았던 이유가 여러 가지 있었다고 해도, 정신적으로 자립하지 못한 것밖에 없다고 생각하고 있다. 토대가 흔들흔들하고 있는 곳에 집을 짓는다면 무너질 것이다. 이후에 무슨 일이 있어도 결혼이 나의 인생 어떻게 해 줄 수 있느냐고 말하고 싶지 않다.

필자가 'MSN저널' 에 중매에 관한 기사를 썼을 때에, 중매를 강요하는 부모의 압력에 견딜 수 없어서 미국으로 유학을 갔다는 여성으로부터 메일을 받았다. 그렇게까지 멀리 도망치지 않으면 안 될 정도로, 부모의 주문이 강력했던 것이다. 그 밖에도 부모와 사이를 멀리했더니 "결혼은 안 했지만, 집을 나왔습니다."라고 확실하고 명랑한 목소리로 보고해 준 사람도 몇 명 있었다.

엄마를 이해하면서 딸들은 집을 나온다. 이제 '왕자님'은 없다는 것을 알게 된 때부터, 자기 나름대로의 길을 찾지 않으면 안 되기 때문이다. '왕자님'은 이제 없다는 것을 엄마들은 아직 깨닫지 못하고 있다.

5

결혼하고 싶지 않은 현실적인 이유

일본 여성의 강고한 '가사'의 각인

NHK 프로그램 중에 고교생들이 주제를 정해 자유토론을 하는 '진지한 십대 이야기장'이라는 것이 있다.

그 안에서 어느 여고생이, "일을 원하기 때문에 오십 살 정도 될 때까지 결혼은 하지 않을 것이다."라고 말하고 있었다. 그녀의 꿈은 정치가로 열심히 일하고 싶다는 것이다. 그것을 들으면서 과연 그럴 수 있을까 하고 생각했다. 그녀는 결혼이 일을 방해하는 것이라고 확실하게 알고 있는 것이다. 필자의 세대에도 의외로 그런 꿈을 갖고 '함께 노력할 남성' '여자의 일을 응원해 줄 만한 남성'이 있지는 않을까라는 생각을 했었다. 하지만 요즘 고교생이라도 그것은 환상이라고 할 수 있다.

남자에게 있어서 가정은 방해가 아니다. 오히려 일 이외의 것을 모두 도와주는 배후자의 존재는 편하다. 일을 원하는 여자에게 있어서는 아무리 정신적인 지지를 해 준다고 해도, 현실적으로 '자신의 밥그릇을 스스로 씻지 않는 남자' 는 필요하지 않을 것이다.

일본 여성만큼 '가사' 라는 일에 중압감이 강한 여성이 또 있을까. 다른 나라에 주재원으로 갔던 이십대의 주부가 한탄하는 것을 듣고 놀랬다.

"가정부가 있어, 모든 것을 해 준다. 도대체 나는 필요가 있는 것일까." 젊은데 얼마나 기특한 마음씨인가 필자는 감격했다. 그러나 일본 여성들은 가사를 좋아하지 않는다. 단지 '가사에 손을 떼고 있다', '가사가 서투르다' 고 생각하는 것은 큰 실수이다. 사실은 가사가 싫은 사람, 안 하는 사람일수록 대외적인 평가에 민감하다.

어느 친구는 가사를 정말 싫어해 가능하다면 다른 여성의 손이 필요할 정도로 일을 하지 않는 여성이지만 그녀는 '손으로 만드는 유자잼' 이라는 기가 막힌 기술을 가지고 있다.

대가족이 함께 살고 있는 장손 집에 시집 온 엄마는 대대로 동서들과 함께 살아 자녀양육도, 가사도 직접적으로 많이 하지 않는 사람이었다. 그렇지만 '지역 일을 하고, 삼대가 같이 살고 있으면서 케이크와 쿠키, 잼 등을 손수 만들어 먹고 있었다.

"아이는 부모의 손이 아니라도 자란다. 가사는 외부에 위탁할 수 있다."라는 것이, 그녀의 신념이지만 일본에서는 그런 주장을 하면 외면당하기 일쑤다.

왜 가사의 수고를 줄이고 더욱이 아웃소싱은 안 되는 걸까?

가사의 논쟁은 여자와 여자의 싸움이 된다. 남자는 된장국의 국물이 가다랑어와 다시마로 낸 것인지, 인스턴트인지 판단하지 못한다. 집이 깨끗하면 누가 청소를 하고 있는지 분명히 모를 것이다. 그러나 여성은 민감하다. 가사는 누군가가 해야만 하는 것이므로 거기서부터 융통성 있게 도망치고 있는 여성은 용서할 수 없는 대죄를 짓고 있는 것이 된다.

증권회사에 근무하는 맞벌이 부부의 한 주부가 모임에서 아무 생각 없이 '필리핀 가정부를 두고 있다' 고 말하자 좌석의 흥이 깨졌던 것을 기억하고 있다. 그녀는 그 좌석에서 더 이상 아무말도 할 수 없었다.

가사도 자녀양육도 모두 여자의 영역이라는 생각은 사실, 당사자인 여성들이 쥐고 놓지 않는다. 남편은 밖에서 돈을 벌고, 부인은 묵묵히 하루하루를 가사를 하면서 보내는 일본 부부의 형태는 아직 건재하고 있다. '가사를 열심히 하면 할수록 자신의 존재감이 있다' 는 부인과 '그런 부인의 모습에 애정을 느낀다' 는 남편과의 조합인 셈이다. 일본 여성은 가사와 양육의 압박을 항상 느끼고 있다. 이상한 점은 가사를 싫어하는 필자조차도 며칠이고 남편을 위해 저녁을 만들지 않으면 애정이 식어 가는 듯한 불안감이 든다.

일본에서 남자는 '돈을 드린 만큼', 여자는 '노력과 시간을 드린 만큼' 애정으로 변환되는 것인지도 모르겠다.

'가사능력 제로인 남자'와는 사랑해도 결혼은 안 한다

남자가 살고 있는 방의 청소를 시작하자 갑자기 골똘히 생각해야 할 것들이 대량으로 나왔다.

치카코(千香子)(1965년 출생. 백화점 구매담당자)는 일 년간 교제한 남자(마흔 살, 증권회사 근무)와 주말동거를 결심했다. 지금까지 그다지 오랜 시간 머문 적이 없는 남자의 집에서 기분 좋게 살 수 있도록 깨끗하게 청소를 하려고 하자 섬뜩한 물건들이 눈에 띄었다. 유통기한이 90년대 이전까지 거슬러 올라가는 통조림이 쓰레기봉지에 가득 담겼다. 각 항공사의 모포와 비즈니스 클래스 표가, 거실 책상 한 쪽을 완전히 점령하고 있었다. 클럽의 성냥과 사용하다 버린 라이터의 무덤도 있다. 요리를 전혀 안 하는 것이 구제이지만, 냉장고에는 선물로 받은 듯한 얼어붙은 고기덩어리와 통조림으로 가득 차 있다. 고고학자가 발굴작업을 행하고 있는 듯한 기분이 들었다. 이사 온 후 손도 안 대고 열지도 않은 베란다, 주방의 새까만 커텐도 있다. 거실도 청소기 한번 돌리지 않았을 것이다. 쌀통을 놓은 장소에 지금까지 본 적도 없는 황갈색의 벌레 시체를 대량으로 발견했을 때는 그야말로 충격 그 자체였다.

적극적인 관계가 되려고 했지만 청소만으로도 녹초가 되었다. 더구나 상대는 그다지 고마워하지도 않았다. 기분 좋게 살고 싶은 것은 치카코의 혼자의 생각이고, 남자는 지금까지도 전혀 불편하지 않게 살았다는 것을 알게 되었다. 서로 젊었을 때라면 변화도 기대하겠지만 이제 와서 이 가사능력 제로인 남자와 결혼하는 것이 얼마나 어려운 것인가.

치카코는 일을 계속할 계획이고, 오랫동안 싱글 생활로 가사에는 익숙해져 있다. 완벽한 주부였던 엄마의 영향으로, 청결하지 않으면 마음이 불편하다. 자신의 것만이라면 청결하게 할 수 있지만 다른 사람의 것까지 청결하게 할 정도로 가사를 좋아하지 않는다. 자신의 쾌적한 유럽풍의 인테리어로 되어 있는 방 한 칸에 한 사람 더 더해져 마음대로 어지르는 것은 참을 수 없다. 그리고 아이라도 생기면 남자의 협력은 기대할 수도 없다.

세상의 여성 모두가 그것을 알고 결혼하는데 자신은 왜 할 수 없는 걸까. 전업주부인 엄마에게 키워진 자신은 "거기까지 자신을 버리고 가족을 위할 수 있을까?"라고 항상 결혼과 출산에 두 가지 문제를 고민하고 있다.

결국, 아이만 없다면 이대로 두 집에 계속 사는 것도 나쁘지는 않다라는 결론에 도달했다. 스스로 자신을 돌보는 성인이 자신의 가사 정도도 돌보지 못하는 것은 이상하다고 생각했다. 어느 쪽인가가 공양하고, 어느 쪽인가가 돌보아야 한다는 기능이 없다면 과연 결혼이란 무엇을 위한 것일까? 이제 결혼이라는 것이 아이를 키우는 기능밖에 없다면 아이를 낳지 않는 한 지금 이대로의 관계도 좋다고 생각하고 있다.

그러나 그 생각을 엄마에게 말하자 아무 말도 하지 않았다.

"남자란 금방 젊은 여자 쪽으로 간다. 정말로 꿈같은 것을 생각하고 있다니까."

결혼이라는 인연은 엄마들의 세대에 있어서는 '계약' 이고 '삶의 양식' 이었던 것이다. 아이를 낳아 키우고, 가사를 하며 일생 동안 남자를 옆에 있게 하면서 공양했다. 그 전에 우리들의 세대가 갖는 '파트너십' 과 '사랑' 이라는 모호한 개념은 무너졌다. 그리고 남자는 일은 할 수 있는데 '생활하는' 것에 관해서는 미숙하기보다도 흥미가 없는 것이다. 아버지 때도 그랬고 요즘도 그러한 남성들은 많다. 나이가 들어 이혼하는 부부의 남자는 반드시 그런 남자일 것이다. 양육의 기능이 끝나면 이제 가족은 해산해도 좋다고 여자는 생각한다. 그 때가 이혼의 시기인 것이다.

구미에서는 가사의 가사 분담은 훨씬 진보되어 있고, 일본에 비해 훨씬 가사의 폭도 좁다.

영국에서 살았던 친구는 '여자가 큰 부엌 쓰레기 봉투를 내놓는 것은 일본인 가정뿐' 이라고 했다. 요리를 만들지 않으므로 부엌쓰레기는 나오지 않는다. 미식가의 나라 프랑스조차 파티는 고급식료품 상점의 야채로 충분하다. 평소 가정에서 먹는 것은 검소하다.

동남 아시아의 개발도상국에서는 보통의 계급에서도 청소, 세탁, 요리를 하지 않고 일생을 마치는 여성이 많다. 저렴한 가격으로 가정부를 고용할 수 있기 때문에 밖에 나가서 돈을 버는 쪽이 가사를 하는 것보다도 훨씬 가족에게 공헌할 수 있기 때문이다. 원래 아시아는 외식문화다. 싱가포르에서 근무하는 일본여성에 의하면, 동료인 여자들에게 요리를 직접하냐고 물으면 대부분의 여자들은 노라고 대답한다. 그 대신 가족과 부부가 지내는 시간을 위해 부단히 노력하고, 크리스마스와 명절 같은 행사에는 목숨을 건다. 일본의 가족의 끈은 '그날 그날의 가사의 평상점'이라는 가장 괴롭고 긴 여정으로밖에 표현할 수밖에 없다.

다른 나라에서 가사의 아웃소싱과 베이비시터로 부부와 가족의 시간이 늘어나는가 하면 일본가정의 경우는 좀처럼 그렇게 되지 않는다. 저렴하게 가정부를 고용할 수 있는 주재원으로 있는 일본 가정을 보면 부인이 가내스텝(가정부와 베이비시터-역주)을 잘 부리며 부인과 아이와 가내스텝만이 마치 가족처럼 모이고, 남편은 "거들어 주세요"라는 언성도 듣지 않고, 당당하게 가정 이외의 일과 사교에 정신을 쏟는다. 일본 부부의 경우, 가사를 아웃소싱해도 두 사람의 시간이 늘어나는 것은 아니다.

가사분담이 가사노예를 원한다

결혼해서 맞벌이의 경우 남편과 가사를 분담한다고 해도 부인은 만족해하지 않는다. 이혼한 마쓰이 나쓰키 씨가 "자신이 좋아하는 가사 시스템을 만들어 올리는 사람이 주장하는 가사분담은 노예모집일 뿐이다"라고 쓰고 있다.

집안을 자유롭게 구성하고 조정하고 싶은 부인이 원하는 것은 가사분담이 아니고, 시키는 대로 움직여주는 보조적인 존재이다. 일이라면 당연하다. 현장에 두 사람의 지휘자가 있으면 혼잡할 뿐이다. 사회적으로 유능한 여성이라고 가사를 못하는 것은 아니다. 가사도 유능해서 완벽주의인 경우가 많으므로 결국은 남편에게 가사를 맡길 수도 없다. 가정은 자신의 영역, 마음대로 하고 싶은 여자의 보금자리 만들기의 본능 같은 것이, 결혼 후엔 가사분담을 보다 열심히 하는 것으로 나타나고 있는 것이다. 마쓰이 나쓰키는 결국 자신의 수입으로 '수입제로' 인 남편을 공양하고 있는 형태가 되었지만 남편의 가사는 '초등학생 가정부 수준' 이었다고 했다.

커리어우먼이 '따로 일하는 여성이 필요하다' 고 하는 것처럼, 일에 전력투구한 여성에게는 '부인 대신에 고민을 풀어주는 남성' 이라는 존재가 새롭지 않을까라고 생각했었다.

그런데, 마쓰이 나쓰키도, 우치다 순기쿠(内田春菊) 씨도, 부인이 훨씬 많이 버는 커플은 차차로 이혼한다고 했다. 우치다 순기쿠도 바쁜 일의 틈을 타서 가사를 하고(남편이 가사의 아웃소싱을 싫어했으므로) 취미로 공예를 하려고 하자 일도 아닌데 하며 싫은 얼굴을 비쳤다고 했다. 그 대목을 읽고 눈물이 나올뻔했다. 처음에는 일을 이해하는 너그러운 남편도 결국은 가사를 하지 않고, 도와주지도 않는 남자로 되어버린다. 아무리 벌어도 '가사를 돕는 남편' 을 가질 수 있는 여성은 없다.

우치다 순기쿠는 일본 제일의 '남성스러운 여성' 이라고 생각되었다. 여자지만 전 남편에게 수천만 원이나 위자료를 지불했고, 연애하고, 아이를 낳고 다시 결혼했다.

가족문제의 전문가인 사이토우 마나부 씨는 대담중에 "남편의 선택 방법이 점점 진보하고 있다. 여자가 서로 대등하다는 감각을 갖으면 그러한 감각을 갖은 남자가 보인다"고 순기쿠의 남편 선택을 칭찬했다.

쓸모 없는 남자를 찾아 여기저기 떠돌아다니는 자신들을 『남자를 보는 눈이 없는 여자』(구라타 마유미(倉田眞由美 扶桑社))라고 스스로 비웃는 여성들도 있다.

성가신 연애를 피해 우아하게 혼자를 고집하는, 자립한 여성과 어쩔 수 없는 남자라도, 쓸모 없는 남자라도 단념하지 않고 연애해서 아이를 만드는 여성, 어느 쪽이 '현명한 여자' 일까?

우치다 순기쿠 같은 여성이 행복해지지 않는다면 일본 여성의 미래도 상당히 어두운 듯한 기분이다.

6

결혼을 선택한다

소자녀경향의 선두를 달리고 있는 나라

소자녀경향, 고령화 사회의 자료를 쫓아가보면 아시아 중에서는 일본만이 유독 심각한 문제를 안고 있다. 거의 모든 선진국에서는 인구를 유지할 수 있는 출산율 2.1로 정하고 있고, 2000년의 일본의 출산율 합계는 1.36으로, 일본보다 소자녀경향이 더 빨리 진행되고 있는 나라는 이탈리아와 독일이다. 미국의 출산율은 2.13으로, 선진국 안에서 최고이다.

이탈리아로 말하면 '아모레(사랑)' 의 나라이다. 마피아의 천국이라고 할지라도 엄마가 만든 파스타를 좁은 부엌에서 먹는, 혈육으로 맺어진 견고한 이미지로만 생각해왔는데 이것은 의외였다. 일본보다도 훨씬 자유분방한 이탈리아에서는 무엇이 일어나고 있는 걸까?

이탈리아 사람과 결혼한 프리랜서인 여성에 의하면 이탈리아는 표현대로, 아모레의 나라이고 젊었을 때부터 모두 애인이 있고, 연애를 많이 하고 있다고 했다. 그렇지만 결혼시기가 늦고, 그 이유는 심각한 취직난과 물가에 비해 수입이 너무 적기 때문이라고 했다. 젊었을 때는 독신생활도 곤란하다. 자녀 양육비도 엄청나기 때문에 현실적으로 젊은 커플이 아이를 낳는 것은 어렵다는 게 현실이다.

어려운 경제가 결혼과 출산을 압박한다. 지금의 일본에서도 마찬가지다. '무엇보다도 이탈리아 사람은 생활을 소중히 즐긴다. 우선 혼자서, 결혼하고부터는 부부로서, 아이는 그 다음이라고 생각하다보니 마흔 살 넘어서 초산하는 여성도 흔한 일이다. 대개 이탈리아 사람들은 그다지 미래에 대해 걱정하지 않는 것 같다.

연애를 많이 하는 나라에서도 그것이 결혼과 출산으로는 연결되지 않는 듯하다. 스즈키 도오루 씨(鈴木透, 社人研)는 '집을 나와 독립하는(Leaving Home)' 시기에 주목하여, 일본의 인구문제는 북아메리카와 북구라파가 아니고 스페인, 이탈리아 등 유럽의 남부와 독일을 포함한 유럽의 동부와 닮았다고 지적하고 있다. 일본에는 패러사이트싱글이 많이 있듯이, 남구에서는 독립하는 시기가 일본처럼 늦다고 한다. 이탈리아에서도 '집을 떠나지 않는 젊은이들'은 문제가 되며 결혼해서도 부모와 동거하면서 생활을 즐기는 커플도 있다.

북미나 스웨덴 등에서는 출산율이 올라간다는 결과는 이미 나와 있다. 여성이 돈을 벌 수 있는 환경을 정비하면 결혼을 하지 않더라도 여성은 아이를 낳는다. 그러나 일본에서는 혼외자의 임신율을 올려 소자녀경향을 극복한다는 대응은 현실적이지 않다. 남구와 일본처럼 전통적인 가족주의가 남아 있는 풍토에서는 아직 어려운 일이다.

최근에 동료가 미혼모 선언을 했는데, 그것을 커밍아웃했을 때의 남성들의 반응이 볼만했다. 처음에는 혼전임신이 아닌가 해서 놀라고 그 다음은 결혼을 해서 아이를 낳는 게 아니라는 것을 더욱 기가 막혀했다. 남성의 경우 자기 자신의 처지로 바꿔서 복잡한 느낌을 맛보는 듯했지만 무엇보다도 머리는 완고 덩어리의 보수주의자인 것이다.

동시대의 여성들의 반응은 '그럴 수도 있지' 라는 정도의 아량이고, 의외로 할머니들의 세대는 동요가 없었다. 남편의 첩에게 부인들이 연말에 선물을 보낸 시대가 그렇게 옛날의 일이 아니기 때문이다.

아시아의 미묘한 모습

아시아는 아직 전통적인 대가족주의가 뿌리 깊게 동시에 남아 있고, 생활에 필요한 제도이기도 하다.

사회보장제도와 의료보험제도가 미비한 나라에서는 자녀는 중요한 노후의 보장이다. 가족이 서로 돕지 않으면 살아 갈 수 없는 어려운 사정이 있다.

아시아를 여행하면서 항상 느끼는 것이지만 레스토랑의 테이블의 놓임이 일본과는 전혀 다르다. 일본의 레스토랑은 4인용 테이블이 기본인데, 그것보다도 훨씬 많은 인원을 기본으로, 열 명 이상이 원탁에서 식사를 하고 있는 가족이 많다. 가족의 풍경이 완전히 다른 것이다.

아시아의 다른 나라가 일본 같은 문제를 갖는 것은 아직 앞으로의 일이지만 일본에 가장 가까운 곳에 있는 한국과 싱가포르는 어떨까? 유럽에서는 이미 1960년대의 후반에서 시작되고 있는 소자녀경향이지만 2000년의 자료에서는 한국, 싱가포르, 홍콩이 근년에 급격한 소자녀경향이 보이고 있다. 합계 출생율 3~4라는 높은 수준에서 2 이하로의 급격한 저하는 일본의 추이와 닮아 있다.('출생에 관한 통계의 개황' 인구동태통계 특수보고).

한국의 여성들은 항상 감탄할 정도로 외모에 신경을 쓰고 있는 것처럼 보인다. 물론 다 그런 것은 아니지만 타인의 시선을 항상 의식하고 있다. 미에 집착이 일정한 몸을 놀랠 정도 대식가인데, 운동을 해서 일정한 몸을 유지하는 노력을 게을리 하지 않는다. 일본인과 한국인이 함께 있어도 한국인은 금방 알 수 있다. 성형도 유행이다. 여성은 아름다움으로 일생이 정해진다는 뿌리가 깊다.

한국의 전문직 여성과 대화하면 우선 그녀들은 연령에 신경을 쓴다.

유교사회에서는 연장자를 대하는 언어사용에서부터 다르다. 여러 명이 외출을 할 경우 친구사이라도 한 살이라도 많은 자가 지불하는 습관이 있다. 교제는 우선 나이를 묻는 것으로부터 시작한다. 내가 나이를 물었더니 '한국 나이로 말할까,' 하고 대답했다.

일본 남성은 예쁘장하고 한국 남성은 기백이 있다고 어느 여성이 중학교 때 좋아했던 일본의 아이돌스타의 이름을 거론하면서 이야기했다. 한국남성에게는 병역의 의무가 있다. 대학 재학중에 가는 사람도 있고 병역을 마친 남성은 아무리 연약했더라도 전혀 다른 사람처럼 늠름하게 된다. 인간성도 완전히 변하고, 사회에 나오면 얼마간은 이야기도 통하지 않을 정도라고 한다.

병역 기간에는 연인사이의 경우 이 이 년간을 기다리거나 기다리지 못하는 것에 따라 큰 드라마가 있다고 한다.

한국 여성은 결혼하면 집에 들어앉는 것이 당연했었는데, 최근에는 많이 변하고 있다.

이유는 아시아를 휩쓴 경제위기이다. 잘나가던 남성이 쉽게 실업자가 되어버리는 것을 목격하고, 한국의 여성들도 남자에게 의지만 하고 있을 수 없다고 생각하게 되었다.

연장자를 존경하고, 남편을 섬기는 유교정신이 아주 사라진 것은 아니지만 결혼해도 일을 그만두고 싶지 않은 고학력 여성이 많아졌다.

대화를 했던 한국 여성은 영어도 일본어도 잘하는 감각파였다. 그렇지만 '결혼은 같은 나라 사람끼리' 해야 한다고 못박았다.

싱가포르의 중국계의 남성들은 '같은 중국계라도 온화한

말레이시아의 여성이 좋다고 했다. 싱가포르는 구미계통의 비즈니스가 넘치는 아시아의 비즈니스 기지다. 직업을 자주 바꾸는 것은 당연하고, 조금이라도 좋은 학력을 갖고, 좀 더 많이 버는 것이 '좋은 것'이다. 여성의 직장진출은 일본보다 훨씬 앞서 있고, 출산 후에도 복귀하여 남성과 대등하게 정년까지 일하는 것을 당연하게 받아들이고 있다. 아무튼 중국계 여성은 유능하고 강하다. 그것에 비해서 남성은 풋내기다.

한국처럼 징병이 있지만 군대에 갔다가 돌아와도 싱가포르 남자는 전혀 늠름해지지 않는다. 남녀 모두 대등하게 일을 하고, 가사의 분담도 당연하다. 식사 후에 설거지를 피하는 것 등은 생각할 수 없다. 중국계의 남성들은 남자보다 잘난 여성에게 조금씩 피곤함을 느끼고 있는 것 같다.

여성의 고학력화, 직장진출이 앞서가고 있는 싱가포르에서도 만혼, 소자녀경향은 심각한 문제로 대두하고 있다. 정부주도하에 노골적으로 대졸 출신끼리의 맞선행사도 행해지고 있다.

인도네시아의 친구는 아무리 생각해도 '일본 여성이 발리섬으로 시집오는 것'이 이해 안 된다고 했다. 같은 인도네시아에서도 그녀는 자바 인이며 일로 가끔 발리에 간다고 했다. 그 때에 보는 일본 부인들의 존재가 아무래도 이상한 존재 같다는 것이다.

"왜 일도 없는 남성에게 시집을 왔을까? 사랑하기 때문일까?"라고, 그녀는 의문투성이었다.

그렇다. 일본인에게는 사랑이 중요하다. 사랑이 있으면 어디라도 갈 수 있다.

그렇게 말해주자 그녀는 얼굴을 찡그리며, 생활유지 방법에 대해 물었다.

그녀에게는 일본인 애인이 있지만 가끔 그도 결혼 후의 두 사람의 생활의 비전과 집을 사는 것 등 현실적인 고민을 하지 않을 수 없다고 했다.

그녀가 말하는 대로 계층격차가 적은 일본에서 정말로 가난을 경험한 적이 없는 우리들의 세대는 아직 꿈에서 깨어나지 못하고 있는 것인지도 모른다.

아시아의 안에서 가장 먼저, 물질적인 풍요로움, 연애의 자유분방함을 손에 쥔 일본인에게 부족한 것은 '사랑' 밖에 없을지도 모른다.

7

'일본 여성'이 바다 건너로 간다

연애를 수입한다

1999년의 한 조사에 의하면, 해외에 살고 있는 일본 여성의 숫자가 마침내 남성을 앞지른 것으로 나타났다. 이것은 외무성이 발표한 '2000년도 해외 채류인구 조사통계'에 의한 것이지만, 해외에 삼 개월 이상 체류하는 일본인(영주자 포함)은 79만 5천 8백 명으로, 여성은 40만 명, 남성의 39만 명을 웃돌았다. 2000년 10월의 조사에서는 해외 채류인구는 과거 최고를 갱신하는 81만 1천 7백 12 명에 달했다. 여성의 수가 남성을 앞지르는 경향은 계속되고 있다.

일본 여성들의 해외 유출은 멈추지 않고 있다. 그 이유를 좀 더 신중하게 생각해야 하는 시기가 왔다.

해외에서 살고 있는 여성이라고 하면 옛날에는 주재원 부인이 주를 이루었다. 일본 기업의 주재원이라고 하면 아직 압도적으로 남성사원이고, 단신 주임도 많았다. 일본의 본사에서 해외파견이라는 형태가 아닌 유학, 현지채용 등 자력으로 해외에 거주하는 여성이 증가하고 있다는 것이다.

버블 시기인 1980년대의 유학에서, 일본 여성의 해외로의 흐름이 주목되어왔다. 어학습득뿐만이 아니고, MBA 등 본격적인 해외에서의 취직을 염두한 유학도 증가해왔다. 버블 시기가 끝나서도, 우수한 여성이 남녀차별이 없는 미국 등에서 커리어를 쌓는 모습이 미디어에 화려하게 소개되고, 홍콩과 싱가포르에는 일본의 인재파견회사가 진출해 있어 해외에서의 인재알선을 하고 있다.

마이너스 성장시대에 돌입해 여성의 취직전선이 점점 악화되자 대학졸업 후, 근무지를 일본으로만 규정하지 않고 취업을 해외로 돌리는 여성도 증가했다. 불황이 계속되는 중에 사무직 여성들의 불안정 등 여성의 근무환경에 악영향이 닥쳐왔다. 환경이라는 의미에서, 여성들의 해외유출이 일어나는 것은 당연한 것이었다.

해외로 나가는 이유가 단지 일 때문만은 아니다. 연애도 하나의 이유가 되었다. 남성은 취직해서 곧 사회에 편입되어 조직의 일원이 되어 쉽게 밖으로 나가지 못했다. 여성은 회사에서 아직 기대가 작아 그만큼 자유로울 수가 있었다.

1999년 12월 3일 호의 〈AERA〉에 '연애망명 · 일본의 남자를 버리는 여자들' 이라는 기사가 실리기도 했는데, 일본의 여성이 해외로 나가기 위하여 '사랑' 은 충분한 동기가 되었다.

해외에 있는 여성에게 물으면, 일본 남성은 매력적이지 않다고 했다. 그녀들에게 싱글의 주재원 남성을 소개해도 만남이 좀처럼 이어지지 않았다. 같은 해외생활이라고 해도 회사 남성들과 혼자의 힘으로 취업비자를 손에 넣고, 현지에서 땅에 발을 붙이고 생활하고 있는 터프한 그녀들은 너무 다르다.

연애능력, 커뮤니케이션 능력이 쇠퇴한 수동적인 일본인 남성에 비해 직접적으로 마음을 전달하는 외국인 남성들은 '강하게 사랑받고 싶다' '확실하게 교제하고 싶다'라는 마음을 지닌 일본 여성들의 마음을 끌고 있다.

경제력을 갖고 국경을 자유롭게 넘나드는 일본 여성들은 파트너 찾는 것을 일본에 한정하지 않는다. 스스로 거주할 장소를 자유롭게 찾는 흐름은 여성들이 주축이 되어 더욱 진전되어 가고 있다.

여성이 행복해지는 섬

발리 섬으로 시집가는 일본 여성, 말하자면 발리 부인의 존재가 매스컴에 부각된 것은 1990년대의 초부터이다. 1994년의 JAL의 취항에 의해, 발리 붐은 더욱 확대되었고, 2000년은 사상최고인 37만 명의 일본인 관광객이 발리 섬을 방문했다. 지금 발리에 거주하는 일본인은 신고 기준으로 약 천 명 정도가 된다. 그 반수에 가까운 약 4백 명이 영주자로서 살고 있다. 태반이 발리에서 결혼해 있는 여성이다.

혼인 건수도 여성은 1998년의 40건, 1999년은 50건에 가깝게 증가하고 있다. 반해서 남성은 한 자리 수에 머물고 있다. 발리 부인의 붐은 일회적이 아니다. 지금도 발리로 시집가는 여성은 많고, 그 2세들을 맡기는 일본어 보습학교에서는 유치부, 초·중 합쳐서 약 140명의 혼혈아의 아이들이 공부하고 있다.

필자에게 있어 가장 충격이었던 것은 그 수였다. 발리로 시집가는 일본 여성들의 이야기는 만남이 아닌 새로운 정착의 장으로 들어가는 것이다.

발리 섬 덴파사루의 국제공항에서 일본 편의 발착 시간에 맞추어 가면 이별을 아쉬워하는 일본 여성과 인도네시아 남성의 커플을 쉽게 만날 수 있다. 또는 커플과 유모차에 탄 어린 혼혈아 2세가 일본으로 돌아가는 엄마를 마중하는 모습도 볼 수 있다.

왜 일본에서는 결혼을 안하는 여성들이, 아이를 낳는 것을 싫어하는 여성들이 이 섬에서는 결혼하고 아이를 낳고 있는 것일까. 물질적으로 일본보다는 압도적으로 부족한 불편한 생활을 선택하는 걸까?

발리 섬, 그곳에는 일본 여성이 원하는 무엇이 있는 걸까?

동경대학의 야마시타 신지(山下晋司)교수의 1995년 조사에 의하면, 그가 인터뷰한 30명의 발리 부인들에게는 다음과 같은 특징이 나타났다.

(1) 1960년대 전후의 출생

(2) 대도시 출신자

(3) 관광객으로 와서 해양 스포츠와 무용 등 문화적인 동기로 이주해 있다.

다시 1960년대 이 해외의 섬에서도 새로운 움직임을 보이고 있다. 1960년대 출생, 나와 같은 세대인 발리 부인들은 자녀교육의 전성기이다. 싱글로 발리에 취직한 여성도 있다. 일본에서는 대부분의 여성이 보통 여사무원이었다. 대학원 졸업의 여성도 있다. 편집자 등 제일선에서 활약했던 사람도 많다. 그녀들과 이야기하고 있으면 발리가 갖고 있는 음지와 양지의 양쪽의 측면을 살짝 엿볼 수 있다.

"왜 발리인가?"라는 질문에 그녀들은 가지각색의 대답을 했다.

발리에서 일하고 있는 여성들은 일본에서 일하면서 느끼는 스트레스와는 아무 연관이 없다고 한다. "사람과 경쟁해서 명품을 사고, 남한테 지는 것이 참을 수 없었던 일본에서의 자신이 거짓말처럼 변했다"는 것이다.

"돈이 없어도 누군가 지불하면 그만인 발리, 비참함이 아니다. 여유가 있는 것이다."

그리고 "사랑하는 사람을 만났다. 운명의 사람을 만났기 때문에"라는 것도 하나의 대답이었다.

"국경을 넘는다라는 행위는 하나의 연애스토리를 만드는 매혹적인 장치이다."

이것은 〈악의 연애술〉이라는 책의 문구다. 발리 섬에는 연애스토리를 만들어내는 장치가 있다.

발리에서는 많은 연애 드라마가 탄생하고 있다. 연애가 너무 많다. 어떤 이유에서일까? 발리에는 드라마가 생기기 쉬운 많은 장치를 갖추고 있기 때문이다.

발리라는 곳은 여성 혼자서의 여행에도 최적의 관광지이다. 그곳에는 일본인 마음의 고향으로 통하는 풍경과 친절하고 부드러운 사람들이 있다. 그것이 주된 요인이다. 그리고 부수적인 요인으로는 발리 사람을 시작으로, 발리에 살고 있는 인도네시아 남성에 있다.

"자신이 여자아이라는 기분이 들게 해 준다."

여기서는 '여자' 도 '여성' 도 아닌 '여자아이' 라는 것이 골자이다. 일본에서는 남자들이 꺼릴 정도로 '잘 난 여자' 라도 마음 밑바닥에는 '순정만화의 주인공' 같은 소녀의 마음이 있다. 여자아이를 대하듯 소중하고 상냥하게 대해주기를 원한다. 그런 소녀의 마음을 알아서 챙겨주는 것을 발리의 남성은 잘한다고 하기보다는 일본인 남성에게는 그것이 너무 없다. 서구의 '레이디 퍼스트' 가 아니고 약한 여성을 소중하게 여기는 마음이 빨리 남성에게는 갖추어져 있다. 어릴 때부터 모친과 여자형제들에게 베풀면서 자라왔기 때문에 몸에 익숙한 것이다.

정말로 단순한 것이다. 조금 도와준다. 짐을 여자가 들게 하지 않는다. 조그마한 것이라도 평소 열심히 일하고 있는 여성일수록 실감한다.

"발리의 남자는 정말로 마음속을 살며시 파고 들어오는 것을 잘한다"라고 표현한 것은 일본에서 스물 네 시간 일만 했던 전문직 여성이었다. 지금은 일을 버리고, 발리에서 열두 살 연하인 남성과 결혼했다.

자신의 '삼고'를 모르는 여성들

발리 섬에서 수치스럽게 전해지는 일본 여성들의 연애행태는 관광지라는 특수한 사정 아래서 관광객과 호스트(맞이하는 현지의 사람들)의 쌍방에서 만들어지고 있다.

발리에 오랫동안 살고 있는 여성들은 모두 '발리의 남성만이 나쁜 것이 아니다' 고, 발리 섬의 연애사정을 이야기했다.

연애하고 싶은 일본의 여자아이와 일본 여성과 교제하고 싶은 발리의 남자아이, 이 쌍방의 필요성이 일치해 '지상의 낙원' 이라는 완벽한 무대배경으로 발리는 '운명의 사랑' 이 탄생하기에 어울리는 최초의 '연애 원더랜드' 가 된 것이다.

항간에 떠도는 것처럼 섹스만이 목적인 여성은 남성잡지의 환상 속에만 존재한다. 일본 여성들이 하고 싶은 것은 어디까지나 '진정한 연애' 인 것이다. 여자는 남자처럼 간단하게, 마음과 몸의 고리를 끊지 못한다. 감정이 남자보다 사치스럽다. 몸만으로는 만족 못한다. 마음도 몸도 기분도 좋아지지 않으면 싫은 것이다.

돈이 목적이라고 하는 발리의 남성들도 존재한다. 그러한 남성들을 만들어내는 것은 일부로, 일본 여성들이 무방비로

뿌리는 돈의 힘이다.

일본에서 상상하는 이상으로 이 섬은 오지이고 가난하다. 대형 호텔과 휴양지의 대부분은 자와 섬 등 다른 섬과 중국인 자본가의 소유로 되어 있다. 평균 월수입은 일본 엔화로 환산하면 4, 5천 엔이라고 한다. 정기적 수입이 있는 사람도 적다. 우부도(섬이름)의 화려한 거리 뒤편으로는 농촌이 펼쳐져 있고 한 가족이 한 방에서 지낸다. 가족 모두가 벌지 않아도 먹고는 산다.

그런 속에서 남자 친구에게 기분 좋게 돈을 쓰고, 사랑하는 사이가 되면 워크맨에서 자동차까지 선물하는 게 일본 여성이다. 결코 손에 넣을 수 없는 것을 일본 여성들을 통해서 받을 수 있다. 발리 남성들이 일본 여성을 애인으로 둔 친구를 부러워하는 것은 당연한 것인지도 모른다. 예전에 '삼고' 에 동경했던 일본 여성들은 이 섬에서는 자신들이 '삼고' 가 되어 있는 것을 모른다.

만나자마자 프로포즈 받는 것도 결코 이상한 일이 아니다. 원래 인도네시아의 연애 모습은 시골로 가면 갈수록 순박하다. '연애=결혼' 은 당연한 일이다. 오히려 '결혼 안 해도 좋은 연애' 를 가르쳐 준 것은 외국인이 아닌가?

어느 쪽이 먼저라고 할 수 없다. 연애 원더랜드인 발리 섬은 발리의 남성들과 일본에서 온 여성들 양쪽이 함께 만들어 낸 것이다.

스스로 서는 것

2002년 4월, 발리 섬의 일본인들의 노력으로 '발리 일본어 보습' 학교가 새로운 교사로 이전했다. 유치부를 포함해서 2백 명이나 되는 아이들을 이전의 작은 규모의 교사에서는 더 이상 수용할 수 없게 되었기 때문이다. 발리로 시집 간 여성들의 2세는 계속 취학연령을 맞이하고 있다.

발리로 향하는 일본 여성의 흐름이 눈에 띄게 된 것이 벌써 십 년 이상이 흘렀다. 발리로 시집 간 여성들에게 "왜 발리인가?"라는 질문은 이제 흥미가 없다.

"어떻게 발리에서 살아갈까?" "어떤 식으로 자녀를 키울 것인가?"

그녀들과 이야기하고 있으면 반드시 나오는 문제이다.

그녀들은 아무튼 일본이 아닌 다른 곳에서 결혼하고, 생활하고, 자녀를 키우는 것에 신중하게 대하고 있다. 그녀들과 이야기 할 때마다 일본의 결혼과 자녀교육, 가족에게 지금 무엇이 부족한 것일까, 무엇이 문제일까 고민하게 된다.

야마시타 신지 교수는 '예전의 이민처럼 나라를 버린다는 의식은 강하지 않고, 문화와 문화, 나라와 나라에서 타협하면서 유연하게 살아가는 여성들'이라고 말한다. 또한 그녀들을 '국경을 살아가는 여자들'이라고 부른다.

근대 이민사는 남자의 역사다. 3분의 2가 선상에서 사망하게 되는, 위험한 항해에 여성들을 동반할 수 없었다. 근대에 눈에 띄는 것은 여성 이동의 활발함이다. 그들은 적응력이 뛰어나다. 일본 여성에 의해 '새로운 타입의 국경넘기' 가 행해지고 있다고 한다.

발리의 부인들은 일본 국적 그대로의 사람이 많다. 원래 남성보다 국가를 위하는 의식이 희박한 여성이 적응력이 뛰어나고 유연하게 국경을 넘어 갈 수 있다는 것이다.

그 타협하는 방법은 사람에 따라 여러 가지다. 발리의 농촌에 동화되어 대가족의 며느리로서 생활하고 있는 우부도의 일본 여성이 전통적 가정과 남편을 보필해가며 토산품 상점과 레스토랑을 운영하는 것도 그녀들의 정해진 비즈니스다. '구타' 라는 곳에서 만난 여성은 일본 관광객과 똑같은 장식을 하고 있었다. 원래 '평균' 이 없는 것이 아시아의 개발도상국이다. 질릴 정도의 부자도 가난도 서로 이웃 관계에 있다. 그곳에 시집가도, 일본에서의 생활과는 그다지 다르지 않은 일본 여성들이라고 해도 발리에서의 생활은 가지가지이다. 발리의 부인의 평균치는 없다.

야마시타 신지 교수는 저서에서 발리의 부인들을 '현대의 일본 사회에 대해 어느 정도 부적응증을 경험하고 있는 여성들' 이라고 말했다. 확실하게, 일본에서 만족을 느끼지 못했기 때문에 발리가 적합했을지도 모른다. 동기야 어찌 되었든 21세기인 지금 그녀들은 이 섬에서 아이를 낳고, 키우고, 서로 사랑하고, 생활하는 것을 당당하게 선택하고 있다.

그리고 그녀들은 자신들의 삶의 방식을 누구의 탓으로도,

더구나 사회의 탓으로 돌리는 것도 아니다. 자신이 뿌린 씨는 자신에게 돌아온다는 것을 잘 알고 있다. 의지하지 않는 떳떳함을 느끼는 것이다.

청결하고 안전한 나라에서 자란 그들이 해외로 나와 배우는 것은 이처럼 '자신의 다리로 선다'는 것일지도 모른다. 일본에 있으면 누군가와 같은 것을 하고 살면 그것으로 끝이다. 주위에 맞추지 않으면 살기 어렵다. 그렇게 해서 모두 같은 방향으로 나아가는 사이에, 여성들은 그 무리에서 벗어났다.

일본에서는 결혼하지 않고, 아이를 낳지 않는 것은 일본 제도 밖으로 벗어난다는 것을 의미한다. 일본의 제도는 전후, 부부 두 사람과 자녀 두 명이라는 표준 세대를 모델로 만들어졌기 때문이다.

발리에서의 삶의 방식에 모델은 따로 없다. '스스로 일어서지 않으면 살 수 없는 장소'이다. 그래도 일본에서 벗어나 자유로운 삶을 살아가는 여성들은 가족을 형성하는 것을 선택했다. 그리고 남편과 가족을 위하여 헌신하는 여성도 많다. 발리에 오는 여성은 일본 사회에서는 만족하지 못해도 가족이라는 관계에는 아직 절망하지 않고 살고 있는 듯했다.

자녀를 어떻게 키울 것인가를 생각할 때는 자신이 두고 온 일본이라는 모국과 한 번 더 마주하게 된다. 일본어 보습학교에 있는 아동의 수가 가까운 시일 안에 2백 명이 넘을 것이라는 예상은 새로운 세대의 발리의 부인들이 교육에 관해서는 일본을 지향하고 있다는 것을 나타내고 있다.

최근에 친구는 아이를 일본어 보습학교에 보내는 것을 그만두었다. 남편과의 교육방침이 다른 것과 현지교의 공부가 어렵기 때문에 보습교육까지 손길이 미치지 못 하기 때문이다. 빠른 시일 안에 국적도 바꿀 예정이라고 했다. 더이상 이제 일본으로 돌아가지 않을 것이기 때문이다.

그녀는 아무 거리낌도 없이, 확실하게 말했다. 그녀는 한 걸음 내딛었을지도 모른다.

8

1960년대 증후군

소자녀경향에의 범인들

1960년대 출생이 이상하다. 결혼도 하지 않고, 설사 결혼을 한다고 해도 아이를 낳지 않는다. 대를 잇지 않는 1960년대 출생은 일본의 미래를 위험하게 하는 버그인지도 모르겠다.

후생노동성에서 발표한 2050년의 '장래 인구 예측'은 멈추지 않는 소자녀경향, 고령화는 급속도로 진행하고 2006년부터 인구가 감소하고, 최종적으로 노령인구는 지금의 6퍼센트가 증가된다고 한다. 지금은 3.9명의 일하는 사람이 한 명의 노인을 공양하고 있지만 2030년에는 두 사람이 한 사람, 2050년에는 1.5명이 한 사람이라는 통계가 나온다. 부담은 점점 증가하고 생활은 어렵게 된다. 그것이 늙어가는 사회의 문제이다.

소자녀경향의 원인은 1980년대부터 눈에 띄는 만혼화, 미혼화 이외에 '1960년대 전반에 출생한 여성들이 결혼을 해도 아이를 낳지 않는 세대로 되어 가고 있다.

소자녀경향의 범인으로 지적되는 1960년대 전반 출생의 만혼의 부인은 아이가 없고, 분명히 필자도 그 중에 한 사람이다.

결혼을 일찍 했어도 1960년대의 부인들은 전 세대에 비해 아이를 낳지 않고 있다.

그 원인에 대해 전문가들은 '보육소의 불충분함' 버블의 붕괴가 둘째 아이 출산 시기를 공격했다고 한다. 그러면서 '섹스리스' 등의 요인을 들고 있다. 1955년 출생의 전후까지는 결혼해서 두 명 아이를 출산했는데 1960년대 출생 이후가 되면 "결혼해도 반드시 아이를 가질 필요가 없다"는 가치관이 생겼다. 결혼을 해도 그것이 아이를 갖는 것으로 연결되지 않는 것이다.

주위를 둘러보면 세 개의 이유 중 어느 한 가지 이유에 속한다. 일하는 여성 중에는 불경기 속에서 두 명의 자녀도 단념하는 경우가 많다. 수입은 줄고, 아이를 키우는 데는 돈이 든다. 자신도 남편도 언제 실직할지 모른다. 일하는 엄마는 너무 고단하다. 남편의 협력도 공공의 서비스도 만족할 수 있는 수준에는 아직 미치지 않고 있다. 무엇보다 자신은 그렇다하더라도 자식은 이런 환경에서 키우기 싫다는 것이다. 두 아이를 낳고, 자신들의 생활이 가난해지거나 아이 양육에 충분한 돈을 쓸 수 없을 정도라면 한 아이라도 소중하게 키우고 싶다.

버블 붕괴도 물론 영향을 끼치고 있다. 종신고용제의 붕괴도 그럴 것이다. 위 세대가 실직되어 가는 것을 눈으로 보면서 경제적인 불안이 아이를 갖는 것을 주저하게 했다. 한 기업에서 서른 다섯 살 이상으로 십 년 근속자에게 보너스를 주면서 명예퇴직을 재촉했더니 그만 둔 층은 서른 다섯 살 전후의 여성이 많았고, 다음 해 그녀들의 출산이 쇄도했다고 한다. 천만 엔 정도 주면서 일을 그만두게 하면 여성은 아이를 낳는다고 얘기하지만 이미 서른 다섯 살 정도가 되어버렸다는 여성도 많다. 경제적인 여유가 있고, 기회가 있으면 아이를 낳을 사람은 많을 것이다.

섹스리스 설은 검증할 수가 없지만 한 연구단체에 의하면 피임 실행율은 떨어지고 있는데 임신 횟수는 적다고 한다. 따라서 섹스리스, 아니면 불임증에 걸린 부부들이 출생율 저하를 초래하고 있는 것이다. 일본인이 세계에서 가장 섹스의 횟수가 적은 국민이라는 자료가 영국의 콘돔 제조회사의 조사에서 나왔다. 세계 27개국을 조사 한 결과 1위인 미국은 3일에 한 번 꼴인 것에 비해 일본은 년 평균 37회, 미국의 3분의 1로, 최하위라고 한다.

친구들 중에 불임치료를 받은 이도 적지 않다. 우리들의 세대는 확실하게 번식력이 떨어져 있는 듯하다.

출산 한계연령을 맞이하는 1960년대 여성의 선택

요즘은 아이는 저절로 생기는 것은 아니다. 심지어 아이가 자연적으로 생기는 것은 결혼 전뿐인 것처럼 보여지기도 한다.

1960년대의 전반 출생은 이미 출산 한계 연령에 가깝다. 선택을 늦출 시간이 없다. 신혼 초에는 부부 두 사람의 생활을 즐기는 딩크족이 대부분이고 반대로 일정 시기가 되어 아이를 갖고 싶어 낳으려고 하면 오히려 생기지 않는다. 이처럼 낳으려고 해도 아이를 낳지 못하는 부부도 늘어날 것이다.

원하는 사람들의 노력은 기술의 진보와 함께 가속화되어 간다. 새로운 기술이 보도 될 때마다 "아, 또 단념할 수 없게 되었다"라고 번뇌의 씨가 증가하는 여성들도 있다.

불임치료 최전선은 무서울 정도의 진보를 도모하고 아주 최근에도 육십 살의 출산과 난자를 젊어지게 하는 등 임신의 한계 연령을 연장하는 시험이 성행하고 있다. 기술은 진보되어 가지만 어디까지 일까가 문제이다.

현실적인 문제로 경제적인 부담은 매우 크다. 적극적인 것은 여성들뿐이고 남자는 최신의 기술 등을 알 리도 없다. 파고 들어가 보면, 불임치료란 '부부의 아이'가 아닌, '자신의 아이'를 원하는 여자만의 욕망을 이루는 것이기 때문이다.

마흔 살 이상의 고령출산도 증가와 출산 시간 제한이 가까운 여성들이, 독신인 채로 아이를 낳는 경우가 증가하고 있다. 최근에 '싱글마더' 선언을 한 동료는 "단세포 생식이라도 좋으니, 아이가 필요한 시기가 있었다"라고 말하고 있다.

이렇게 되다보니 출산과 결혼의 관계는 점점 약해져 가고 있다.

한편, 원만하게 부모세대가 수긍할 정도의 안전한 결혼을 해서, 자녀양육에 한창인 일반적인 주부는 어떻게 하고 있을까?

그녀들도 미지의 아이양육이라는 정답이 없는 문제에서 헤매고 있다. "개구쟁이라도 좋다. 씩씩하게 키우고 싶다", "타인의 아이라도 질책한다"라고 했던 옛날의 자녀양육의 이론이 전혀 통하지 않는 것이 지금의 자녀양육이다. 어린아이를 갖고 있는 엄마들의 신경이 과민해진 모습은 가슴이 아플 정도이다. 그 정도로 요즘의 자녀양육에는 여유가 없다.

'오토바 살인사건'(동경시내에 있는 유치원생이 원내에서 갑자기 없어진 사건이다. 같은 유치원에 아이를 보내고 있는 주부가 살해해 부모끼리 싸움이 있었다. 수험이 성행하는 지역에서 아이를 둘러싼 부모끼리의 집착이 원인이라고 보고 있다-역주)은 수험생을 둔 엄마들에게 있어서 타인의 일이라고는 생각할 수 없다고, 가해자인 엄마 쪽에 많은 동정을 하고 있다. 폐쇄적인 인간관계 속에서 아이와 엄마들이 얼마나 쫓기고 있는지, 심각하게 드러나고 있다. 프랑스에 살기 시작하면서 '유모차를 잡고 있으므로, 자신이 문을 열어 본 적이 없다' 고 말하는 이는 일본에 돌아올 때마다 긴장이 된다고 한다. 아이에 대한 타인들의 시선이 차갑다. 다른 사람에게 아이가 번잡스럽게 하지 못하도록 신경을 쓴다.

'수험' 생활로 분주하고 최근에는 초등학교, 중학교 때부터 해외유학도 보낸다고 한다. 세간에는 그런 엄마들에게 '부모의 이기주의' 라고 비난의 눈초리를 보내고 있기도 한다.

예를 들어, 에스컬레이터로 대학까지 갈 수 있는 유명 여대학의 부속에 합격했다고 하자. 더욱이 대학시험을 치러야 하는 다른 사립에 합격했다고 하자. 옛날이라면 '여자아이이므로' 완전한 길, 에스컬레이터로 여대까지 갈 수 있는 쪽을 선택했을 것이다. 그러나 지금은 다르다. 여자아이라도 대학까지 공부시키면 의사나 변호사가 될 지도, 더 좋은 대학에 갈 수 있을 지도 모른다는 생각에서 모험을 택한다. 아직 어린이의 의사는 존중되지 않는다. 부모들은 위험이 높더라도 나중을 위한 쪽을 선택한다.

'임시직 여사무원' 이나 '우아한 전업주부' 라는 길을 자신의 자녀세대는 걷지 않을 것이라는 것을 누구보다 잘 알고 있다. 그리고 일본에도 가까운 장래에 빈부의 격차가 뚜렷하게 나타날 것이 뻔하다. 결혼만을 꿈꾸는 미혼자들보다 현실적이라는 의미에서는 낫다. 현재는 '사립의 시험에 전념하는 전업주부' 라는 지위에 머물고 있지만 다음 세대는 알 수 없다.

'지금 부모의 기득권이 아이 대에도 이어지기를 바라며 좀 더 고소득을 올릴 수 있는 전문직을 갖게 키우는 것이 그들의 바램이다. 그리고 이런 바램의 이면에는 자신의 남편인 '샐러리맨' 도 신용할 수 없다는 것이다. 시험에서 조금이라도 좋은 학교에, 해외라도 적어도 자신의 아이만은 '안전한 미래' 로 보장해 주고 싶다라는 부모의 욕망을, 어리석다고 생각하지 않는다. 확실히 그녀들은 자신의 아이밖에 생각하지 않는다. 바꿔 말하면, 일본이야 어떻게 되든 자신의 아이만 잘 되면 되는 것이다. 지금은 그것밖에 여유가 없는 시대다.

지금의 시대, 아이를 갖고 있는 사람은 귀중하고, 그들은 자신의 아이의 일로 정신이 없으므로 아이가 없는 사람이야말로, 사회 전체적인 것을 생각해야 한다. 그러나 결혼을 하지 않은 남자 중에 장래의 일본에 관해서 비전이 있는 사람은 한 사람도 없었다. 여성 측이 오히려 '생산하는 성' 으로서 이 나라의 미래에 관해서 현실적인 고민을 하고 있었다.

불쾌한 과실들이 구하는 것

결혼 안 하는 1960년대 우리들은 어떠한 세대인가?

풍요로운 고도성장기인 일본에 태어나 남녀 모두 고학력이고, 이십대에 버블을 경험했다. 돈이 행복을 측정하는 기준으로, 모두가 같은 욕망을 향해 달리고 있었다. 그리고 실패를 경험한 세대이다. 우리들의 세대는 지금, 종신고용제를 잃고, 마이너스 성장시대에 돌입해 새로운 가치관을 발견하지 못한 채 변함없이 '재물' 과 '돈' 을 신봉하고 있다. 기업사회의 일원으로서 낙오하지 않고 달려왔으면 그것으로 그만이라고 생각해 온 남성들의 쇠약함은 심각하다. 여성들은 결혼과 가족에 관해서도 부모세대의 가치관을 이어받은 채 '연애' 도 '보람을 느끼는 일' 도 '우아한 전업주부' 도 '아이' 도 끝내 단념하지 못한다. 그야말로 과도기인 것이다. 그러므로 연애도 결혼도 아이도 잘 손에 들어오지 않는다.

무엇보다도 '만족할 수 없는 것'이, 우리 세대의 특징이기도 하다. 결혼을 해도, 아이를 낳아도, 내일이 오늘보다 행복하고 풍요롭게 된다는 희망이 보이지 않는다. 그리고 그 행복이고 풍요로움이라는 것은 거품처럼 사라져버린 버블의 시대에 믿고 있었던 것이다.

버블 시대에 자주 함께 했던 여자친구들과 오랜만에 만났다. 가오리(香織, 1961년 출생)는 만혼으로 결혼했고, 아이는 없다. 그녀의 특징인 화려하게 말아 올린 머리도 화장도, 모두 요즘 유행에 맞게 치장했지만 이미지는 조금도 변함이 없다. 대학시절부터 당시의 부차적 문화의 최첨단을 향수하고 있던 그녀들은 최근에 옛날 좋았던 시대의 친구들끼리 모여서 이벤트를 부활시키고 있다. 어떻게 아직도 그렇게 우아할 수 있을까 궁금해하자 모두 돈이라고 했다.

버블 시대에 도대체 무엇이 즐거웠던가? 말로 표현할 수는 없다. 그런 것도 있었다, 이런 것도 있었다고 단편적으로 이야기하면 무엇을 하고 있었다고 할 정도의 구체적인 것이 없다. 아무튼 순식간에 지나가 버렸다. 떠들썩했고 꿈 같은 시대였다.

하야시 마리코(林眞理子) 씨의 〈불쾌한 과실〉이라는 소설을 읽고, 가오리 양은 '이것이 바로 나다'라는 생각이 들었다고 했다. 1996년에 발간 된 이 책은, 삼십대의 주부를 주인공으로 한 불륜소설로서, 드라마와 영화로도 상영되었다. 언뜻 보기

엔 행복한 결혼을 하고 있는 서른 두 살의 부인이 '항상 자신만이 손해를 보고 있다' 라는 만족할 수 없는 생각을 하고 있다. 불륜을 성취시켜 젊고 새로운 남편을 얻어도 불만스럽다. "즐거운 것이 별로 없다. 처음엔 즐거워도 조금 지나고 나면 금방 재미없어진다" 라고 한탄하던 그녀는 두말할 필요도 없이 우리들 세대의 한 모습이었다. '만족을 모르는 새대' 인 것이다. 부족한 것이 많았어도 행복은 분명히 있었다. 그런 시대가 그렇게 옛날도 아닌데 우리들은 이제, 모두가 넘치지 않으면 만족 못한다.

남자들은 오래 전에 희망을 잃고, 도달해야 하는 목표를 잃고, 번식하는 것조차 단념하고 있다. 여자들은 아직 '부족한 생각' 을 가슴에 안고 헤매고 있다. 아이를 낳지 않는 것도 그 탓은 아닐까? 아이를 낳아버리면 다시 무를 수가 없다. 소비만 할 뿐 생산은 하지 않는 1960년대 출생은 도태되어야 할 버그인가?

우리들은 정말로 '불쾌한 과실' 을 베어 먹었던 것이다. 황천의 음식, 일곱 알의 석류를 입에 대고 말았던 봄의 여신인 페르세포네처럼 완전히 지상에 돌아올 수 없다. 언제까지나 성인이 되지 못한다. 현실로 다시 돌아오지 못한다.

1960년대 출생인 우리들은 번식이라는 면에서는 불량채권화되고 있다. 틀린 시계의 위를 걸어버린 우리들의 세대를, 정말로 '없었던' 것으로 할 수밖에 없는 것인가? 일본은 이제 다시 일어설 수 없을지도 모른다.

결혼할 수 있어도 안 하는 여자의 특징

- 지금의 생활의 만족도는 높지만 일생을 스스로 자신을 책임지는 것은 조금 어렵다고 생각하고 있다.
- 그렇다고는 해도 결혼에 모든 것을 걸 수 있는 시대는 아니라고 생각하고 있다.
- 아이는 원하고, 자신의 손으로 키우고 싶고, 가사도 안 하면 안 된다고 생각하고 있다.
- 이십대에 버블을 경험했다.
- 자신 갈고 닦기, 자신의 욕구 채우기, 자신 찾기에 열심이다.(패션의 유행, 교양, 점보기, 유학, 전직 등의 정보가 풍부)
- 자신보다 훌륭하고, 존경할 수 있는 남성이 이상형이다.
- 결혼을 해도 연애는 계속 지속시키고 싶은 생각이다.(포에버 러브 증후군)
- 가상 속의 애인에게 빠져 살아 있는 남성과 교제하는 것이 마음에 내키지 않는다.
- 전업주부인 엄마가 있고 '재혼하지 않은 홀어미' '상속자가 없다' 라는 말에 과잉반응하고 있다.
- 요즘 보기 드문 훌륭한 아버지가 있다.
- 가족 사이가 친밀하여 지금도 생일축하 파티를 하기도 한다.
- '여기까지 기다려 왔으므로, 마음에 없는 결혼은 하고 싶지 않다' 라고 생각하고 있다.
- 언젠가는 '백마를 탄 왕자' 를 만날 수 있다고 생각하고 있다.

제3장

신만혼시대

생의 마지막 순간에 이르러
자기가 걸어 온 길을 되돌아 볼 때,
가장 가치있는 단 하나의 질문은
'나는 누군가를 얼마나 사랑했는가?'
하는 것이다.

- 리처드 바크

현실은 이렇다

엄마의 세대, 여자의 일생은 여자아이로부터 시작하고 결혼식의 한 순간만은 공주가 되고, 아내가 되고, 엄마가 되고, 아주머니가 되고, 할머니가 된다. 엄마의 세대, 그것을 누구나 여자의 행복이라고 부른다.

우리들은 그런 엄마 밑에서 자랐고, 언젠가는 왕자가 다가와 "당신밖에 없어"라고 말해주는 만화를 읽으면서, 이윽고 올 그 날을 믿고 있었다. 우리들은 확실히 왕자를 기다리고 있었지만, 이제는 다른 곳으로 눈을 돌려 인생을 즐기고 싶어졌다. 일찍 결혼을 해서 엄마가 되고 아줌마가 되기에는 세상이 너무 재미있기 때문이다. 그리고 '엄마의 결혼' 이 사실은 여자에게 있어서 손해라고 은연중에 생각하고 있었기 때문이다.

지금의 우리들은 취직해 월급도 받고, 그 돈으로 해외여행도 가고, 식도락을 즐기며 취미생활을 향유하며 나날을 보내고, 연애를 하고 언젠가 올 왕자님을 위하여 자신을 갈고 닦았다.

그런데 아무리 기다려도 왕자님은 오지 않고 있다. 여기서 우리들은 말을 타고 왕자님을 찾으러 나서게 되었다. 그것과 동시에 회사에서 컴퓨터를 만지고 있는 자신이 아닌, 진짜 자신이 어딘가에 있는 것은 아닐까 하는 '자신' 을 찾으러 여행을 떠났다.

찾아도 어디에도 왕자님은 없었다. 어쩔 수 없으므로 멀리까지 나갔다. 나라 밖으로도 나갔다. 거기서 왕자님을 만난 사람도 있다. 만나지 못한 사람도 있다.

그 대신 본래의 자신이 아주 조금씩 보여왔다. 본래의 자신은 여자아이도, 아내도, 엄마도 아닌 '그냥 여자' 였다. 그리고 '한 사람의 인간' 이었다.

자신을 찾은 여자들은 집으로 돌아왔다. 어디에 가도 '혼자인 자신' 으로 밖에 아닌 자신을 알아차렸기 때문이다. 그리고 집에 돌아와 보니 '파랑새' 가 있었다. '파랑새' 는 내내 집에 있었다는 것을, 우리들은 처음으로 알아차린 것이다.

1

만혼 · 소자녀경향의 주역들

L양의 경우 | 여대생 탤런트, 십 년 늦은 결혼

내가 서른 여섯 살에 결혼했을 때에 주위의 여성들이 내게 "언제, 어디서, 어떤 식으로 만났는가?" "왜 결의했는가?"라는 것을 꼬치꼬치 물었다. 모두가 알고 싶은 것이라면, 조사해 보자라는 것으로 삼십대부터 결혼에 억압받으면서 쓴 것이 주간 〈SAY〉(青春出版社)에 연재된 '만혼화 경향이다' 이다.

주역은 버블 시대에 사회인 또는 여대생으로서 청춘을 구가한 동시대부터 그 앞선 세대의 여성들이다. '결혼 안 할지도 모른다 증후군' 에 한 번쯤은 속했던 여성들이, 어떠한 인생을 더듬어, 어떤 결혼을, 어떻게 결의하고 있었는지.

결혼을 안 하게 된 이유는 이미 충분히 이야기했다. 그렇지만 결혼은 열어 보고 싶은 판도라상자이다. 이야기 상자를 하나하나 열 때마다 "결혼이란 무엇인가?"라는 가장 알고 싶어 하는 대답이 떠오를지도 모른다. 그리고 이런 시대에 어떻게 하면 만남을 가질 수 있는지 그 답이 보일지도 모른다.

결혼이라는 판도라상자를 열고

여자의 이십대 후반은 매우 어려운 시기일 수도 있다. 결혼은 서른 넘어서도 가능하다고 생각하며, 하고 싶은 일을 모색하기 시작하면서 끊임없이 고민의 연속이 된다.

그리고 그 중요한 이십대 후반을 버블과 함께 달려나온 것이 앞장에서 예를 든 하나코 세대이다. 필자인 나도 그 전성기의 중간이다.

잡지를 보면 식도락, 멋, 해외여행……. 즐거운 것을 맘대로 쫓아다녀도 그 누구에게도 비난을 받지 않은 시대처럼 기사가 이어진다. 결혼만이 다가 아니라는 것을 보여주듯 차례로 보여준다.

외국계 회사에 전직해서 보통의 여사무원보다 조금 많은 월급도 받고, 바삐 하루하루를 재미있게 보냈다. 이런 즐거운 시기를 버리고 결혼을 한다는 것을 전혀 생각하지 않았다. 1965년 출생 여성이 정확히 쉰 살을 맞이하는 2015년 여섯 명 중 한 명이 미혼이 될 것이라는 수치가 나와 있다(2000년의 조사에서는, 35~39세의 여성의 미혼율은 약 일곱 명의 한 명). 그것은 1980년대의 후반에서 1990년대의 전반에 걸쳐서 일본이 '버블'로 들끓고 있었던 것과 관계가 깊다.

또래 한 여성으로부터 편지가 왔다. 그녀는 여대생 탤런트

L이다. 시원스러운 눈매가 인상적인 그녀는 도대체 그 버블 후, 어떻게 길을 통해 어떤 결혼을 했다는 것일까?

십 년 늦어진 초대장

신록의 계절인 5월, 어느 레스토랑에서 한 쌍의 결혼 피로연 파티가 행해졌다. 신랑신부는 함께 대학의 테니스 동호회의 선후배 사이였다. 누구나 그런 커플의 결혼식에는 참석한 경험이 있을 것이다. 단 한 가지 다른 것은 두 사람이 만나고 나서 이미 십오 년이 경과했다는 것이다. 신부는 서른 다섯 살, 신랑은 서른 여섯 살이었다. 갑작스러운 초대장에, 친구들 모두가 "이제 와서"라고 하며 놀랐다.

"십 년 전에 결혼했어도 좋았지 않았을까?" 그런 솔직한 감정을 던지자 L은 천천히 대답했다.

"십 년 전이었다면, 우린 결혼하지 않았을거야" 그녀의 대답이었다. 서로 자신의 것만을 생각하고 있던 시기였고 지금은 이제 서로에 대해 배려해줄 수 있는 여유가 생겼다고 덧붙였다.

상대 남자는 L이 가입했던 테니스 서클의 일 년 선배였다. 사실은, 처음 얼마동안은 동경의 대상으로만 머물러 있었다. 또한 그때 그에게는 같은 학년의 애인이 있었다. 집이 가깝고, 귀가 때 그의 차로 데려다 준 적도 있고, 항상 조수석에서 달콤새콤한 기분을 음미하고 있었다.

반 년 정도 지났을 때 그 사람 애인하고 헤어졌다는 것을 친구에게 들었다고 했다. 이야기를 듣는 순간 달콤새콤한 마음은 사라져버렸다. 대학 일 학년생인 L에게는 자신이 곧 다음 여자가 될지도 모른다는 생각에 자존심이 상했다고 했다.

늘 주목받는 것에 익숙한 L은 언제나 귀엽고, 공부도 잘 하는 여자아이였다. 한 마디로 남의 시선을 온몸으로 받는 주목의 대상이었다.

합격한 사립대학은 화려한 캠퍼스로 유명하여, 당장이라도 모델로 데뷔할 수 있을 듯한 화려한 여대생이 여기저기 있었다. 그 중에서도 L은 서클에서 가장 귀여운 아이로 남학생들이 사귀고 싶은 대상 일순위였다.

그대로 있었으면 많은 남학생들이 몰려들었을 것이고, 그 중에서 가장 멋진 사람과 연애에 빠져서, 친구들 중에서 가장 먼저 결혼을 할 수도 있었다. 그러나 그때 L은 자신을 그대로 두지 않았다. 매스컴에서 L을, 서클에서 가장 귀여운 여자아이에서, 전국의 대학생의 아이돌스타로 끌어 올렸던 것이다.

만들어진 여대생 탤런트

L은 2학년 때에 캠퍼스 캘린더에 일 월 모델로 실리기 시작했다. 학내에서는 이미 매월 잡지의 모델로서 표지를 장식하는 이도 있었지만 캘린더의 기획위원은 반쯤은 탤런트화된 유명한 여대생이 아닌, 학교 어디에서나 쉽게 만날 수 있는 보통

의 여대생을 물색했었다. 일생 추억이 될 수 있다라는 가벼운 마음으로 받아들인 모델이 인연이 되어, L은 어느 퀴즈 프로그램의 보조진행자로 발탁되었다.

그 시대는 여대생의 전성기였다. 여대생을 탤런트화하는 프로그램이 계속해서 생기고, L은 그 대상이 된 여대생 탤런트가 되었다. 기쁜 마음으로 그 생활을 즐겼다. 무엇을 하고 있어도 '여대생' 이라는 한 마디가 비단의 깃발이 되는 시대였다.

"보는 것만큼 화려한 세계가 아닙니다. 프로그램 자체는 재미있었지만 어디까지나 보조인이었고 활약하고 있는 것만으로도 알 수 있었으니까요."

무엇이든지 호기심이 왕성한 L은 스태프들과 이야기하는 것을 좋아했다. 프로그램의 기획과 구성, 진행에 관해서, 겁없이 질문하는 L은 스태프들에게 인기였다.

같은 여대생 탤런트 중에는 여배우를 목표로 본격적인 예능 프로덕션에 들어가는 이도 있었지만 L은 별로라고 여겼다. 졸업 후에도 방송국의 아나운서 등 화려한 정식무대를 걷고자 하는 동료가 많았다. 그러나 L이 가장 끌린 것은 프로그램을 보조하는 음지의 프로페셔널들의 모습이었다.

정식무대보다 현장을 보조하는 쪽이 되고 싶었다. 그 생각 때문인지, 졸업 후에는 출판사에 입사했다. L은 어릴 때부터 "어른이 되면 무엇이 되고 싶니?"라는 질문에 '신부' 라고 대답하는 타입은 아니었다. 항상 전문직을 갖고 싶었다. 남녀공학으로 졸업과 동시에 결혼하는 친구도 있었지만 L에게는 결혼욕구가 없었다. 결혼은 L에게 있어 '언젠가는 한다' 라는 정도의 것이었다.

처음 책을 만드는 편집자를 목표로 한 L이지만, 직장을 계속 옮기게 되었다. 여대생 탤런트였던 L이 배속된 것은 홍보실이었다. 버블 시기의 사업확장의 여파에 오른 회사는 출판 이외의 사업에도 손을 대고 있고, 여러 가지 기획을 외부에 어필할 수 있는 '회사의 얼굴' 로서, L을 선발했다.

처음 일 년은 일에 파묻혀 지냈다. 사장의 마음에 들어, 회사관련의 파티에 함께 출석하는 것도 일 중에 하나였다. 작가, 예능인, 스포츠 선수, 모든 유명인과 만났다.

지금 그 상대와는 학교에서 일 년에 한두 번 정도 보는 게 다였다. 이어진 직장생활에서 나름대로 프로가 되기 위해 노력했다.

편집자로서 몇 년을 보내고 인테리어 사무실로 전직을 했다. 여기에도 버블 절정기의 화려한 세계가 있었다. 일을 하면서 현장에서 인테리어 공부를 했다. 현장에서 마음껏 사치스러운 인테리어 제품의 가구를 코디네이트했다. 그러다보니 삼십대가 한 순간에 지나가버렸다.

변함없이 L은 인기가 있었지만 딱히 사귀는 사람은 없었다. 파티와 디너의 예정으로 채워지지 않은 날은 없고, 수첩은 항상, 공사를 포함한 약속으로 꽉 차 있다. 명함 통은 유명한 사람들의 명함으로 가득 채워졌다.

L은 가끔 외롭기도 했지만 일이 있으니까, 일이 우선이었고

간간히 그 외로움을 주위에 가까운 동성친구들끼리 어울려 서로의 고민을 들어주고 각자의 상담원이 되어주기도 했다.

실은 이십대에 그로부터 정식으로 교제하고 싶다고, 두 번이나 데이트 신청을 받았다. 두 번 모두 그 시점에서는 만나고 있는 사람이 있었다. 얄밉겠지만 친구보다는 가깝고 그러면서 애인은 아닌 관계로 지내고 싶었다. 아주 좋은 관계를 잃고 싶지 않았던 것이다. 고백 후에도 그는 L과 계속 간간히 만났다.

당시 교제하고 있던 화려한 직종의 남성들로부터도 몇 번 프로포즈를 받았다. 지금의 화려한 세계의 일원으로서 머물고 싶다고 염원했었다면 받아들였을지도 모른다.

그러나 그때의 L양은 경제적 여유와 늘 주위에 들끓고 있는 멋진 사람들 속에서 결혼으로 모든 걸 잃고 싶지 않았다.

결혼이란 '해도, 안 해도 후회하는 것'

파티에서 만나는 사장들은 반드시, 부인이 아닌 여성을 동반하고 있었다. L의 회사 사장도 복잡한 여성관계로 알려져 있었다. L과 사장과의 관계를 오해하는 경우도 있었다.

고가의 수입가구를 척척 들여놓는 집을 보면서 L은 생각했다. 화려한 수입가구에 싸여서 살고 있는 여성들이 그다지 행복해 보이지 않는다는 것을. 그러면서 적어도 자신이 누려야 할 행복의 모습 또한 아니라고 생각했다.

업계에서 활약하는 사십대인 싱글 전문직 여성도 많이 만났다. 그러면서 L은 유명한 인테리어디자이너와 정말로 일류라고 하는 여성들에게도 여자로서 행복을 쥐고 있다고는 생각되지 않았다. 그녀들이 화려한 자리에서 일순 보이는 피곤한 얼굴과 웃고 있어도 어딘가 암울한 표정을 보면 자신과는 거리가 멀게 느껴졌다.

서른 네 살이 되는 1월에 선배로부터 전화가 왔었다.

그때 그 선배는 너와 같은 여성과 결혼을 하고 싶다는 말을 남겼었다.

그 해의 6월, 이 번은 L이, 그에 대해 관심을 갖게 되었다. 그리고 그 둘은 자연스럽게 가까워졌다.

그때부터 모두가 결혼을 향해 움직이기 시작했다. 8월에는 정식 청혼, 다음 해에 결혼식, 그리고 임신을 했다.

일을 그만 둘 때, 사장으로부터 "당신도 결국은 확실한 곳으로 정리할 수밖에 없다"라는 말을 들었다. 그렇지만 프로포즈를 받았을 때에 솔직한 심정은 결혼이란 결국, 해도 안 해도 후회한다는 거였다. 완전한 결혼 같은 건 절대로 없을 것이고, 무엇보다도 지금 그를 선택하지 않으면 일생 후회할거라는 생각이 들었다. 결혼한 것에, 후회도 불만도 없다. 그로서 좋았다고 생각하고 있다. 결혼이란 한 번은 해봐야 하는 것이다.

이십대에 결혼한 친구들과 이야기하면, 그녀들의 현재의 불만과 남편에 대한 가혹한 태도에 놀란다. 경제적으로 풍부한 결혼을 한 그녀들은 버블 때에 만났던 흔한 기혼 여성과 같은 입장에 놓여 있을지도 모른다.

"결혼 그녀들은 자녀가 있어도 일하는 쪽이 좋다라는 생각을 갖고 있다. 그렇지만, 이십대의 결혼을 굉장히 고집했던 친구들은 지금의 생활에는 불만투성이었다. 자신도 이십대에 결혼을 했다면 거기서 끝났을 지도 모른다. 아무것도 시도하지 않고 후회하는 것보다는 해보고 후회하는 쪽을 선택했다."

그 화려한 세계에 미련은 없다. 대강 보통의 셀러리맨의 부인으로서 보내는 일상이, 지금은 행복하다고 했다.

여자들의 욕망을 전폐로 한 시대인 버블은 시대에 흘러, 지금은 오히려 돌아 갈 장소를 찾지 못하는 여성들이 많다.

욕심쟁이도 나쁘지 않다. 하고 싶은 것은 하는 것이 좋다. 그렇지만, 결혼에 대한 생각은 단순한 게 좋다. 왜냐하면 두 개의 단순함이 만나 복잡해지므로.

결혼적령기에 그 버블의 시대의 세례를 받은 세대가 지금, 삼십대의 전반에서 사십대 중반이다. 보통의 여사무원이라도 시대와 함께 한창 꿈을 꿀 수 있었던 시대에, 호기심에 가득 차서 집을 나와 대강 모험을 끝내고 '다녀왔습니다' 라며 집으로 돌아 온 것처럼, 보통 결혼에 착지한 L이었다.

버블 시기의 광란이 지나고, 자신으로 돌아와 예전에 자신에게 집중되었던 따뜻한 시선의 소중함을 알아차렸을 때에는 이미 늦었다. 예전의 사람은 벌써 결혼해, 가정을 꾸미고 있다. 많은 여자들은 그렇게 후회를 절실히 하고 있지만, L의 경우는 기다려 준 사람이 있었다. 왜 그녀에게는 그것이 허용되었을까?

그것은 항상 반보 밑으로 자신을 주시하는 L의 시원한 눈길을, 그가 잊을 수가 없었기 때문일 것이다. 늘 정확한 자기 생각과 결혼을 '해도 안 해도 후회하는 것' 이라고 확실하게 잘라버리는 냉정함에, 덜컥했을지도 모르지만. 시대를 읽는 총명한 시야, 적당한 기회를 봐서 자르고 돌아서는 신선한 반환인 셈이다. 그 무엇에도 빠지지 않고, 만족을 아는 여성이므로 그녀는 멀리까지 나와 있었어도, 정말로 자신이 필요한 따뜻한 장소로 돌아올 수 있었던 것이다.

● 삼 년 후의 L양을 방문해서

"십 년 앞이 이런 시대가 될 거라고, 아무도 생각하지 않았을 것이다. 만약 남편이 실직되어, 내가 일을 하려고 해도 이제는 청소부 아주머니의 일밖에 없을 것이다."

길게 이야기 한 그녀는 변함없이 당당하게 현재를 말하는 여성이었다. 아이가 한 명 있다. 이제 수험의 계절이다. 수험을 껴 앉은 엄마는, 보통은 온 정신을 쏟게 되는데 그녀는 역시 어딘가 냉정하다.

"나이를 말하면, 사람들이 깜짝 놀란다. 이 정도의 아이가 있다는 것에, 몇 살 정도라는 믿음이 있지 않는가. 거기서부터 벗어나 있다는 것을 알면, 모두 조용해진다."

이웃 유치원의 수험중인 동료의 엄마들은 십 년 정도 차이가 있다. 열을 올리지 않는 그녀는, 모두와 온도가 다른 만큼 조금 흔들리고 있는 듯하다. 젊은 엄마에게는 의지가 되는 것도 있다.

"자녀교육은 좀처럼 생각대로 안 되는 것이다. 그렇지만 아이는 언젠가 성인이 된다. 인간의 플러스 마이너스란 결산이 맞도록 되어 있다고 생각한다."

C양의 경우 | 근무 십육 년만에 사내결혼

결혼이란 언제라도 할 수 있다. 나이라든가, 조건이라든가, 부모라든가, 사람의 이목에 주목할 정도의 변변한 일은 없다. 외부로부터가 아닌 자신의 내부로부터의 소리에 귀를 귀울여 그 소리가 들리면 그것이 결혼할 시기이다.

자신을 갈고 닦고, 갈증을 해소하고, 자신을 찾고, 지금까지 자신의 것만에 열심이었던 당신은 다른 누군가와 연결하려고 자연스럽게 손을 뻗는다. 그리고 나서 해도 결혼은 결코 늦지 않는다.

결혼이라고 해도 모두가 가지각색이다. 이상의 사람을 계속해서 찾아 헤맨 사람도 있는가 하면, 앞서 누군가처럼 그냥 세월만 보낸 사람도 있다. 한 마디 할 수 있는 것은 '이제 늦었다' 라고 단념하지 않았던 사람이다. 일이라도 연애라도 열심히 했던 사람에게 운명은 미소를 보여주기도 한다.

그 무엇에도 '너무 늦었다' 라는 것은 없다.

너무 늦은 결혼이란 없다

C는 규모가 큰 제너콤 회사에 근속 십육 년인 베테랑 여사무원이었다. 버블의 절정기에 회사에 입사한 말하자면 하나코 세대이다. 그리고 1990년에 크게 히트한 만화에 등장하는 '아버지의 딸' 의 선구이기도 하다. 그런 그녀가 결국 결혼한다고 한다.

"그는 십 년 전이라면, 절대 선택 안 할 타입이다. 절대 출세 못할 거라고 생각했다."

근속 십육 년, 회사에서 많은 남성들의 과정을 보아 온 C는 가혹하게 잘라 말했다. 학교를 졸업하고 바로 입사한 제너콤에서 계속 일하고 있다. 사내에서 승진시험을 보고 일반직에서 특수직이 된 제1호 이기도 하다.

어느 회사에도 그녀 같은 여사무원이 한 사람은 있을 것이다. 야무지고, 눈치 빠르고, 보좌역을 철저하게 하고 있다. 회식에서 과음을 해도 다음 날 멀쩡한 얼굴로 정시 전에 출근을 한다. 특별한 행사가 있을 때마다 반드시 참모가 된다. 일의 확실함은 그 주변의 남성사원도 도저히 따라오지 못한다.

기회균등이라든지 차별 같은 것이 부당해도 말하지 않는다. 척척 일을 해결하고, 옆을 굳게 지켜 준다. 이런 여사원이 한 사람이라도 있으면 상사는 상당히 기분 좋을 것이다.

우리들이 회사에 나왔을 무렵은 버블시대였다. 특히 C의 근무지는 대규모의 제너콤인 만큼 복리후생도 확실하고, 일 년에 한 번은 해외에 갈 수 있을 정도의 휴가도 주어졌다. 1989년의, 일본경제 평균 주가가 3만 8천 엔을 육박하는 절정기까지 시대의 바람을 받아 회사생활은 화려하고 활기에 차 있었다.

사내의 골프 대회에서 상큼한 얼굴로 상사보다 좋은 스코어를 내기도 한다. 곤드레만드레 취해도, 최후의 정산은 반드시 마치고 돌아간다. 술자리는 거의 매일이고, 주말은 스포츠 아니면 이벤트이다. 하루하루가 쏜 살같이 지나갔다.

그러다 C도 서른 살이 되자 초조해져, 팜플렛을 이리저리 뒤지며, 모든 보험에 가입했다. 서른 다섯까지 결혼 하지 않고 있었고 결혼은 안 해도 좋다고 생각하고 있었기 때문이다. 싱글 여성이 자기 집을 구입하는 것도 마침 그쯤이다.

리드하는 것은 나, 따라오는 것은 그 사람

삼 년 전 회사에서 가는 스키여행에서 처음으로 그를 만났다. 그는 이공계로, 소속은 연구소였다. 같은 사내였지만 전혀 얼굴을 본 적이 없다. 얼굴은 갸름하고 체격도 작은 편이다. 연하라고만 생각하고 있었다.

미안하지만 처음 만났을 때의 일은 전혀 인상에 남아 있지 않다. 다음 해 여행에서 얼굴을 보고도 이 사람, 누구지 할 정도였다.

'다음 해는 많은 이야기를 했다. 의외로 그이는 한 살 연상이었고 C의 이상형은, 몸집이 좋은 '남자다운 남자'가 양복을 입고 있는 듯한 타입이었다. 선이 가늘고 신경질적인 듯한 그가 전혀 안중에도 없었다.

"그러나 돌아오는 버스 안에서 술 마시러 가자고 유혹했다. 물론, 그냥 사교적인 언사라고 생각했지만……"

그가 역 앞에서 해산을 한 후, 야마노테센(山手線:동경의 국철 전차 순환선의 이름-역주)의 홈을 향하는 C를 쫓아왔다.

"언제 했습니까?"

이윽고 그것이 첫번째 데이트가 되었다.

만나기까지는 그런 대로 두근두근했다. 그러나 만나기로 한 장소에서 손을 흔들고 있는 그를 보면 너무나 이상형과 다르다는 생각에 그만 실망을 반복했다.

C는 자신의 자아의 강함을 인정하고 있다. 그러면서 그를 좋아했던 사람도 비슷한 남자들뿐이었다. 가족도 모두 비슷한 성향이었다. 아버지는 상공업 지대의 출신으로 확실하지 않은 것을 가장 싫어했다. 자신의 성격은 아버지와 똑같다고 생각했다.

고풍스러운 면도 있는 C는 좋아하는 남자에게는 자신을 모두 받쳤다. 그러다 몇 번 사람을 만나고 헤어졌다. 이십대의 연애는 그것의 반복이었다.

그에게는 반대로 이상할 정도로 자신과 통했다. 정말 남녀의 역할이 반대로 되었다. 항상 리드하는 쪽은 C였다.

그는 무엇이든지 C와 함께 하고 싶어 했다. 늦게 만난 것만큼 되찾고 싶은 것처럼.

처음에는 휴대전화로 두세 시간 간격으로 전화를 하기도 했다. 마치 질투 강한 여자친구와 교제하고 있는 것 같았다. "오늘은 누구누구와 마시러 갑니다"라고 한 마디라도 해두면, C가 어디서 누구와 무엇을 하고 있던 신경을 쓰지 않는다. 그러나 말을 하지 않고 나가면 금방 기분이 나빠졌다. 걱정하는 성격인 것이다.

본 대로 신경은 날카롭고, 일의 스트레스에도 약한 그였다. 바쁠 때는 항상 불평을 늘어놓았다. 밤중에 전화로 졸음을 참으며, 이야기를 들어주는 것도 C의 역할이었다. 그의 몸 상태가 좋지 않을 때에는 침과 지압이나 마사지 등을 해주며 모든 곳에 함께 했다.

싸움도 많이 했다. 사과하는 것은 반드시 그가 먼저였다. 어째서 항상 사과를 하냐고 물으면 싸움은 두 사람 모두 나쁘므로 사과하는 것이라고 답했다. 그런 그와 교제하면서 그렇게 오기가 강했던 C가 고분고분하게 말하게 되었다.

십 년 전이라면 선택하지 않았을 그 남자

결혼 이야기는 그녀가 꺼냈다. 명랑한 C는 놀기 좋아하는 동료들 중에서 인기가 많았다. 주위의 조언이 그녀에게 C와의 결혼을 결의시켰던 것이다. 그러나 문제가 한 가지 있었다. 그를 만났을 때에는 이미 다른 사람과 동거하다가 이 년째의 별

거중이었던 것이다.

함께 즐겁게 지낼 수 있다면 결혼 같은 것은 안 해도 좋다라고 C 자신은 생각하고 있었다. 그러나 일단 결심한 그녀는 무서운 기세로 결혼을 향해 돌진하기 시작했다.

확실하게 하지 않은 채로 방치되어 있던 별거는 소송으로 이어졌다. 이혼을 결심한 그는 냉혹할 정도로, 처음으로 C에게는 보이지 않았던 다른 일면을 알았다.

소송은 길어졌다. 밤중의 전화도 모두 이혼소송의 상담이었다.

C에게 상담하는 걸까 생각했지만, 그는 재판 진행상황을 모두 털어놔 주었다. 그가 열심히 하고 있으므로, 참아야만 한다고 생각했지만 참는 C도 스트레스가 쌓였다.

일 년이 지나 겨우 이혼이 성립했다. 정식으로 결혼할 수 있는 몸이 되었지만 이번은 좀처럼 C가 부모에게 말을 꺼내지 못했다. 빨리 말하라고 계속 그에게 재촉 당했지만 3개월이나 지나버렸다.

C의 집은 초등학교 육 학년 때 다시 지었다. 그 후 계속 양친과 세 명이 동거하고 있다. 신축인 집의 문지방을 신명나게 들어간 후로 이십 년을 드나들었지만 멤버는 변함이 없다. 변한 것이라고 하면 아버지의 저녁 외출이 눈에 띄게 줄었다는 것이다. 그리고 C가 집에서 식사를 하는 횟수가 한 달에 셀 수 있을 정도가 되었다는 것이다.

부모에게는 몇번을 망설이고 결심한 끝에 말을 했다.

그리고 일주일 후 그가 와서 부모님께 인사를 했다. 그 정도로 주저했었는데 싱거울 정도였다.

그 때는 이제 와서 결혼하겠다는 것이 부끄러웠기 때문이었을까. 한번 말해버리면 돌이킬 수 없다고 생각했다. 젊은 나이라면 모르지만, 이제 부모도 나이가 들고, 나중에 말썽을 일으키거나 그 이상의 걱정은 끼치고 싶지 않았다.

십 년 전의 그녀라면 절대 그를 선택하지 않았다고 했다. 그가 '출세 못하는 타입' 이라고 그녀는 잘라서 말했다. 회사생활 십육 년째는 혹독하게 지켜보고 있다.

그러나 오랜 회사생활 속에서 끝없는 일로 나날을 보내며, 끝내는 몸을 망치고, 제일선에서 탈락하거나 실직된다. 가족과 거의 함께 보낼 수 없는 직장인의 비애를, 실물 날 정도로 봐 왔다. 지금은 결혼을 향해 움직이고 있으나 결심할 때마다 "정말로 이것으로 좋은 건가?"하고 확인하면서 진행하고 있다. 정말 그가 좋은가? 후회하지 않을까…… 자문하면서.

'하지만 처음 이야기했을 때 꿈 같았다. 극지에 가까운 지방의 하늘에서 다채로운 빛이 다양한 형태로 난무하는 현상을 보러 가고 싶다든지, 쓸데없는 것이지만 내가 하고 싶다고 생각하는 있는 것이 상대의 입을 빌려서 나온다. 이상하게…….

늦게 만난 만큼 오래 함께 보내고 싶다고 했다.

내년에는 둘이서 알래스카로 오로라를 보러 갈 것이다.

자신만의 좋은 남자를 발견한다

이번 취재에서 누구에게나 반드시 물었던 것은 '십 년 전이라면, 지금의 그를 선택했을까?' 라는 질문이었다.

그리고 불만하게, 대부분의 사람이 '노' 라는 대답을 했다.

십 년은 길다. 자신도 시대도 크게 변해간다. 그리고 자신 속의 결혼관도 변한다.

버블 경제에 균열이 생기기 시작한 1990년, 여사무원들은 활기찼다. 회사의 꽃으로 있던 것을 그만 두고, 아버지 문화를 취득해, 남자 중심의 기업 사회에 활기차게 헤집고 들어갔다. 그것은 남자와 어깨를 나란히 하는 전문직 길과는 달랐다. 현명한 여성들은 고용평등법이 제대로 기능을 안 하고 있다는 것을 알고 있었던 것이다. 남자처럼 회사에 자신을 바치는 것이 아니고, 남자문화의 좋은 것만을 취했다.

여자들은 항상 조용한 반체제파이다. 오랫동안 회사에 있으면서 결코 회사에 이용당하지 않고, 보조역으로서 냉정한 눈으로 남자 사회를 보고 있으면 자연히 알게 되는 것이 있다.

그녀도 버블로 사회가 활기 차 있을 때는 '장래성이 있는 남자' '한 눈에 반할 수 있는 남자' 에게 매력을 느끼고 있었다. 그것은 남자가 남자를 판단하는 가치관과 비슷하다. '남자다' 라고 온몸으로 주장하고 있는 강한 남성 상이 좋았던 것이다.

버블 붕괴 후의 남자들의 우왕좌왕하는 행동을 지켜 본 그녀는 남자의 가치관에 등을 돌렸다. 그리고 자기 자신의 가치관 안으로 눈을 돌렸다.

정말로 자신에게 맞는, 오랫동안 함께 살 수 있는 사람을 판별하는 것은 어렵다. 그녀가 발견한 것은 자신의 눈으로 선택한 자신만의 '좋은 남자' 이다.

필자인 나는 '배가 가라앉을 때에는 혼자서 도망가는', 자신이 편리한 대로 하는 남자만을 좋아했었다. 결국 결혼한 것은 여차하면 둘이서 가라앉을지도 모르지만, 아무튼 함께 가줄 듯한 사람이다.

정말로 자신에게 맞는, 오랫동안 함께 살 수 있는 사람을 판별하는 것은 어렵다. 판단하는 것은 타인의 시선에 이끌리지 말고 자신만의 시선이다. 그것을 손에 넣었을 때, 지금까지 보이지 않았던 것이 보이게 된다.

● 삼 년 후의 C를 방문해서

회사의 점심시간에 방문한 그녀는 변함없이 바쁜 듯했다. 버블 붕괴의 직격을 받은 업계이지만, 역시 그녀는 활기 있어 보였다.

부부 두 사람 모두 아직 같은 회사에서 근무하고 있다. 그는 전직하고 싶어하지만 C가 지금은 막고 있다. 아이는 없다.

"만약 젊었을 때 결혼했더라면, 반드시 헤어졌을 것이다"라는 것은, 그들 두 사람의 공통된 의견이다. 모두가 제멋 대로이고, 버블 시대의 생각을 그대로 갖고 있고, 결혼생활에 돌입했더라면, 큰일 날 뻔했다. 남편도 부인도 자신을 억제하지 않으면 지탱할 수 없는 것이 결혼한 후의 나날이다.

"참는다는 느낌이 아니다. 참는다고 생각하면 더 잘 되지 않는다. 참는 것이 아니라 화가 나는 일이 있어도 흘려버리게 되었다."

아이는 남편도 특별히 원하지 않고, 휴일에는 둘이서 허락되는 한 함께 외출하는 생활이 즐겁다고 했다. 일에서는 서로 책임도 져야 할 것도 나와서, 꿈이었던 오로라도 아직 보러가지 못할 정도로 바쁜 나날이다. 열심히 둘이서 달려 왔다. 최근에 문득 아이를 생각한다고 했다.

아이는 키우는 것이 좋을까. 아이를 양육하는 것이야말로 진정한 성인이 될 것 같다고 했다.

그것은 나도 동감이다. 아이라도 키우지 않는 한, 우리들의 세대는 좀처럼 성인이 될 수 없다. 이번 삼 년 전에 만난 그녀들을 방문하는 것은 삼 년 후의 그녀들에게 "결혼이란 무엇인가?"이라는 질문을 하고 싶었기 때문이다. C는 조금 생각한 후 답을 주었다.

"따뜻한 곳에서, 보호받고 있는 느낌일까. 그리고 제구실을 할 수 있는 보통의 성인이 된 느낌이다."

사내연수에서, 연배인 남성 강사가 강의를 담당했다. 상당히 여성을 우습게 보는 사람이었다. 지쳐서 집에 돌아오면, 부인이 여러 가지 하찮은 것을 시끄럽게 이야기했다. 그것도 여사원도 많이 있는 앞에서 이야기했다. 어떤 때는 그런 그 남자와 맞서 싸우기도 했다.

그 후에 생각했다. 자신이 싱글이었다면 어떤 식으로 대답을 했을까. 결혼해서, 일에 있어서 남자와 대등하게 되었다는 기분이 들었다.

남자의 여자 친구였던 여직원은 결혼해서 처음으로, 남자들과 대등하게 경쟁할 수 있게 되었다는 자신을 알아차렸다. 동시에 남자들이 가족을 등에 업고 가는 노고와 슬픔 같은 것도, 왠지 모르게 알게 되었다. 최근 갑자기 힘이 없는 남자들의 등을 보면 두드려주면서 "함께 열심히 합시다"라고 말을 걸어주고 싶다.

J양의 경우 | 연하의 남편은 단련시키지 않으면 안 된다!

남편의 전근 때마다 인생을 구축하는 장소를 다시 정리하지 않으면 안 되는 부인이 있다. 언뜻 보면, 우아한 전업주부로 보이지만, 그 가슴 속에는 '나도 뭔가 하고 싶다' 라는 강한 마음이 맺혀 있는 경우가 있다. 해외 주재원 일본 여성을 대상으로 한 네트워크 게시판에 올려져 있었는데, '일을 하고 싶다' 라는 주재원 부인들의 강한 요구에 놀랐다. 누구나 부러워하는 생활을 하고 있어도, "어중간하게 일을 그만 둘 수밖에 없었다"며 후회를 많이 한다.

만혼의 부인들은 오랫동안 회사에 근무했던 만큼, 단념이 어렵다. 결혼 후의 인생도 자신의 인생이다. 자신의 인생이라면 스스로 조정하고 싶다. 전근, 자녀교육, 부모의 공양과 가족의 문제는 아직 여성이 주로 담당한다. 그렇지만 여유 시간을 만들어서 척척 뭔가를 이루고 있는 여성도 있다.

살며시 와서 결혼

J는 일반직으로 들어간 설계사무실에서 특수직으로 옮기고 상사에게 인정받아, 마케팅 기획팀 리더를 맡았다. 열심히 일을 하고 있을 때에 신입사원인 그를 만났다. 일곱 살 연하인 그와, 장거리 연애를 거쳐서 결혼했다.

"우리 회사 특히, 같은 부서의 사람은 굉장히 능력이 있다. 설계란 예술가 기질이다. 아무리 바빠도, 개인적인 것은 반드시 사용한다. 그냥 단순히 존경할 수 있는 사람일뿐 '남편도 똑같다' 라 생각하고 결혼했는데 전혀 다르다."

J의 꿈은 자신의 회사를 갖는 것이었다. 기업가가 되고 싶은 마음은 직장 생활 처음부터였다. 그러므로 결혼하면 돈과 집이 생기고, 확실하게 자신을 지지해 줄 사람이라 생각하고 있었다. 그러면서 그를 보고 만났을 때는 스물두 살인 의지할 곳이 없는 신입사원이라고 생각하고 결혼했다.

"처음에는 의지할 사람이 없다며 만나 달라고 했지만 거절했다. 하지만 그후 일 년이 지나도록 만나왔으며 성실해보였다. 그리고 진지하게 교제하기 시작했다. 일을 그만 둘 마음이 없었으므로, 샷뽀로(札幌)~오사카(大阪)의 원거리로 다니면서 만났고 힘들었다."

결혼을 결정한 동기는 큰 프로젝트에 들어가 맹열하게 바빴던 그의 손톱이, 엉망으로 되어 있는 것을 보았을 때였다.

"손톱을 보고 살며시 왔습니다. 일곱 살 연상인 누나는……모성본능을 일으켰다"라고 J는 부끄러워하면서 말했다. 의외로 촌스러웠던 그는 결혼을 기회로, J에게 일을 그만 두었으면 좋겠다고 했다. 결국, 그의 해외전근을 기회로 퇴직했다.

"내가 월급이 더 많았는데, 꾸려나갈 수 있겠어?라고 했더니 충분하다고 했다. 그러나 그것은 너무 쉽게 생각했던 것이다."

지금은 일하고 있지 않지만 자신의 용돈은 적금과 이자로 쓰고 있다. 정원용품을 아시아에서 싸게 수입하는 회사를 기획중이었다. 샘플을 수집하기 위하여 많은 투자를 하고 있다. 나의 용돈에 대해 잔소리하지 말라고 남편에게는 못을 박아 두었다.

실은 내가 J를 눈여겨본 것도, 함께 물건을 사러 갔을 때의 그녀가, 프로 근성 같은 눈빛을 하고 있었기 때문이다. 뭔가 이 여자는 보통 여자와 다르다고 생각했다. 이야기 해보니 굉장히 생활력과 집중력이 있다. 자신이 생각하는 방향으로 부쩍부쩍 진행해 가는 추진력이 있다. 전업주부로서 한 보 후퇴해 있어도 자신의 인생을 절대 남자에게 맡기지 않는 사람이라고 생각했다.

"나는 대학생 때, 아버지가 쓰러졌기 때문에, 지금까지 무엇이든지 해결해 왔다. 결혼했어도 남편이 먹여 살리리라고는 생각하지 않는다. 뭔가 있으면 자신이 해결한다고 생각하기 때문이다. 용돈……남편의 월급에서라고 생각하면 왠지 부담스러워 사용하지 않는다."

이런 J를, 세상의 남자들은 귀엽지 않은 여자라고 말할 것인가. 부지런하고 정직하므로 굉장히 좋은 여자가 아닌가. 자신의 인생을 스스로 이끌어 가려고 하는 의지가 좋다.

연하의 남편은 단련시켜서 키운다

해외로 전근해서도 J는 모두 스스로 해결해 왔다. 특히 개발도상국의 도회지가 아닌 현장에 사는 생활을 일본에서는 상상도 못했던 마찰의 연속이었다. 위험도 있다. "내가 남자라면, 부인에게 이것은 해 줄텐데……"라고 생각하는 것도 전부 혼자서 하지 않으면 안 되었다.

하지만 위기가 기회라고 생각했다. 남편, 일 이외는 전부할 수 있었다. 혼자서도 할 수 있지만 부부가 되었으므로 둘이서 해결하고 싶었다. 무엇을 생각하고 있는지, 말해 주었으면 좋겠다고 했다. 그랬더니 변했다. 지금은 피곤하다고 하면서도 빨래도 해준다.

몇 번이나 기절하고, 화를 내고, 받아내고, 받아주고 했다. 그렇게 해서 부부는 견고하게 된다. 이 이국에서의 생활이 중요한 시기였다.

그렇지만 현장이 끝나고 또 전근을 했다. 어디로 갈지 모른다. 앞으로도 전근생활의 연속이다. 자신의 사업을 하고 싶다. 상황이 어렵다고 하면 평생 아무것도 못한다. 어렵기 때문에 더욱 뭔가 자신의 것, 갖지 않으면 안 된다고 생각했다.

물가가 싼 아시아든지 자신의 고향에 거점을 구축하고, 자신은 사업을 하고, 남편은 세계를 돌고 있다. 그런 삶의 방식이 이상적이다. 옮길 때마다 인생을 재정비하지 않으면 안 되는 셀러리맨의 부인의 숙명을 단념하지 않는 J는 역시 새로운 유형의 부인이다.

"결혼해서 일을 그만두고, 작은 정원을 꾸미면서 조금 어렴풋한 행복을 느낀 시기도 있었지만 역시 나에게는, 한가로운 시간은 불필요했다. 그렇지만 내가 결혼으로 일을 그만둘 때 남편이 사람에게는 휴식이 필요하다고 했다. 나도 그때 굉장히 바빠서 원거리로 피곤으로 지쳐 있었다."

단념 못하는 연상과 부드러운 연하

만혼에 연하는 따라 다니는 것 같다. 그러나 연상의 부인이라고 해도 부부의 관계는 가지각색이다. 특히 상대가 오랫동안 싱글을 고집하여 지내온 부인의 경우 어리광을 부리게 해줄 것이라고 생각하면 큰 잘못이다. 엄청난 비극이 있다. 모든 것을 다 해주는 누나인 부인은 오히려 이십대에 많다.

자기 자신의 인생을 단념하지 않는 여자와 그것을 받아주는 유연성이 있는 남편인 커플이, 최근에 증가하고 있다.

"부인이 싱가포르에 전근가게 되었으니 삼 년 동안 일하게 해 주십시오."

싱가포르의 대규모의 인재 알선회사의 사람에게 들었는데, 최근에 그러한 남성이 가끔 온다고 했다. 회사를 다른 나라로 옮기는 것은 남자만의 일이 아니다. 역시 전근을 해 일을 그만두는 것도 여자만의 일이 아니다. 부인은 미국, 남편은 아시아로, 떨어져 생활하는 커플도 있다. 떨어져 살아야 하는데 굳이 결혼할 필요가 있는가 하는 사람도 있을 것이다.

그렇지만 부부로 있고 싶은 마음, 그것이 지금부터의 결혼에, 가장 중요한 것은 아닐까. 결혼과 가족이 지금까지의 형태가 없어진 시대에 두 사람이 있는 이유는 둘이서 만들어 갈 수밖에 없는 것이 있기 때문이다.

"어차피 출세 못할 것 같으면, 함께 합시다"라고 J는 남편에게 항상 이야기하고 있다. 대기업의 도산이 계속 이어지는 시대에 남편의 근무지도 어떻게 될지 모른다. 그때에 갈팡질팡하는 부인으로 있고 싶지 않다고 했다. 그런 말을 살며시 말할 수 있는 것도 그녀가 강하기 때문만은 아니다. 받아주는 쪽이 부드럽기 때문인 것이다.

● 삼 년 후의 J를 방문해서

J는 꿈을 실현시켰다. 꾸준히 사람과의 인연을 만들고, 가게

를 돌면서, 위탁으로 상품을 놓아주는 개인 점포를 개척했다. 수입은 스스로 해외에 나가 멋진 정원용품으로 사용할 수 있는 듯한 아시아의 바구니와 항아리를 모았다. 한 번 사러 가면 다음의 여비는 반드시 나온다. 싸게 파는 곳을 찾고 있으며 재고는 고물시장에서 팔아도 손해를 보지 않는다.

어느 장소에서 어떤 상품이 받아들여지는지, 횟수를 거듭하면서 예상을 할 수 있게 되었다. 자신의 취향에 좋다라고 생각하는 것이 반드시 잘 팔리는 것이 아니라는 것도 알았다. 가게 주인에 따라서 연배의 손님이 모이는 곳도 있는가 하면, 젊은 여자가 모여드는 가게도 있다. 상품 판매가 점점 재미있어지고, 바로 반응을 느끼기도 한다. 그런 참에 남편이 또 전근을 가게 되었다.

"결국, 지금은 중단중이다. 불황과 시부모의 건강이 조금 좋지 않으므로 시집과 근무지의 불편으로, 해외로 물건을 사러 갈 여유가 없어졌다. 다른 사람들이 보면 우아한 전업주부이지만 나는 문화생활을 배우러 다닌다든지 화려한 외식이라든지 그런 것보다도 장사로 성공해서 충실하고 싶다. 내심은 남자인가 하는 생각도 든다."

이렇게 말하는 J는 조금 힘들어보였다. 마음대로 모든 것을 해 온 우리들의 세대도, 점점 나이 들어가는 양친과 여러 가지 가족의 문제는 피할 수 없다.

"아플 때 특히 자궁근종이 발견되었을 때는 힘들었다. 인간이라는 존재는 혼자서는 아무것도 할 수 없으며, 여성 특유의 몸의 핸디캡도 있다는 것을 알게 되었다. 아이 갖는 것도 시기가 있다. 그때 여자란 슬프다는 생각과 동시에, 가족의 고마움도 알았다. 그러나 반면 여자가 아니고, 결혼도 안 했다면 남편이 전근할 때마다 인생이 중단되는 것도 없이 좀더 편하지 않을까라는 생각도 했다."

몹시 화가 났을 때 부딪치는 상대 역시, 일곱 살 연하인 남편밖에 없다. 연하의 냉정한 남편은 "인생에 약간의 장애가 있는 쪽이 좋지 않아"라고 연상의 부인을 위로해 준다고 했다.

인간은 평생 건강하게 일만을 할 수 없다는 것을, 요 일 년간 많이 배웠다. 그렇지만 옛날의 일 관계로 주최하는 세미나를 거들어주면서, 감각을 잃지 않으려는 J는 결코 단념하지 않았다. 아직 서른 여덟 살, 남편은 서른 한 살이다. 미지근한 물을 사용한 듯한 나날이었다고 하지만 아직 그녀의 가슴은 뜨겁다.

가족을 위하여 일을 하는 여성들이 많다. 아시아로 시집간 일본 여성들도 그렇게 일해서 벌고 있는 사람이 많다. 아시아에서 만난 속이 깊고, 씩씩하게 장사에 능통한 여성들과 그녀는 많이 닮아 있다. 어쩌면 그녀가 이번에 다시 시작할 때는 자신을 위해서가 아닌, 가족을 위해서일지도 모르겠다. 그런 것을 문득 생각했다.

M양의 경우 | 시대가 요구하는 '작은 남자'

대부분의 남자는 '체격이 작고 날씬하며 귀여운 여자'를 좋아한다.
여자는 '키가 크고 의지가 될 듯한 남자'를 좋아한다. 누가 이것을 우리들에게 각인시켰을까. 애초부터 여자보다 남자가 작으면 균형이 맞지 않는다고 누가 정했을까. 일본은 소형제품으로 세계를 석권했는데 왠지 남자에 관해서는 키큰 사람이 좋다고 인식한다. 어쩌면 지금의 시대의 요구에 맞는 것은 작은 남자일지도 모른다.

작은 남자는 잘 떠든다

M은 미대를 졸업 후 중견의 광고대리점에 디자이너로서 근무하고 있다. 겉모습은 크고 화려하게 보이지만 일은 성실하게 열심히 하는 형이다. 지금은 훌륭한 베테랑으로서, 신입 사원들에게는 조금 위협을 준다. 그런 그녀가 결혼한 남자는 작은 남자였다.

그는 처음 회식자리에서부터 눈에 띄었다. 멋있어서가 아니었다. 그날의 계산은 대기업상사가 했고 거의 동급생이라는 그는 맞춤 양복차림의 동료들 중에서 눈에 띄게 소탈한 옷차림의 작은 남자였다.

M은 신장 165센티미터이고, 구두를 신으면 약 170센티미터 정도가 되었다. 시선은 조금 내려다 본 위치에서 그와 눈높이가 딱 맞았다.

M은 예전부터 작은 남자는 싫었으므로 파티에서도 중매에서도 키가 작아 보이는 듯한 남자하고는 절대 만나지 않았다. 그는 얼굴이 작아서 조화가 잘 맞았다. 작고 뚱뚱한 것보다는 낫지만 이러한 남자와 나란히 서면, 같은 신장이라도 절대로 여자 쪽이 크게 보인다. 그러므로 나란히 걷는 것을 싫어했다.

그는 굉장히 떠들었다. 요시모토의 작은 만담가처럼, 잘 떠든다. 목소리가 허스키였고 그렇게 불쾌하지는 않았다. 계속 자리를 지키면서 그런 대로 야무지게 자신을 내세웠다.

M의 경험에서 보면, 작은 남자는 대부분이 수다쟁이가 많다. 몸이 작으니 자신의 말로서 공간을 채우지 않으면 성이 차지 않는 걸까. 그 만큼 머리의 회전도 빠르다.

"아, M씨는 디자이너 군요."

한바탕 자리에 흥이 오른 후 많은 사람들이 모인 회식 자리에서 정해져 돌아오는 휴식 같은 시간에 그는 직접 M에게 이야기를 걸어왔다. 항상 보아왔던 일부 상장기업의 딱딱한 서체의 명함에 섞여 있는 세련된 명함이었다.

컴퓨터 관련 회사를 막 설립했다고 했다. 일의 내용은 잘 모르겠지만 부드러운 직업동료라고 해서 특별히 관심을 갖고 싶지는 않았다. M은 도시 사람 분위기였지만, 지방공무원인 신입생으로, 일을 척척해내는 안정지향이다. 교제하는 상대는 절대안심과 큼직한 도장이 찍혀 있는 우량기업이 아니면 거절했다. 빨리 확실한 남자를 잡아, 이런 아침도 저녁도 없는 업계와 작별하고, 전업주부가 되어 〈VERA〉에라도 실려 우아하게 미소짓고 있어야겠다고 M은 생각하고 있었다.

일도 재미있고, 교제하는 남자가 모두 조금씩 문제가 있는 탓으로, 순식간에 서른 살이 넘었다. 결코 하찮은 인생을 보낸 것은 아니었기 때문에 지금의 상황에 그런 대로 만족하고 있었다.

"야무지고 예쁜 손이네요."

자리를 옮기자 그가 말했다. 조금 덜컥했다. M은 디자이너이므로, 조형적으로 예쁜 것을 좋아했다. 실은 이 '작은 남자'의 손이야말로 예쁘다고 생각하고 있었다. 키에 비해 손가락이 길었다. 무식한 벌레 같은 손은 생리적으로 받아들여지지 않는다. 그런 점에서 그의 손은 이상에 딱 맞았다. 상대는 명랑하게 자신에게 마음이 있는 듯했다.

조금 좋은 기분이 들었다. 돌아가려고 모두 일어설 때에 물을 끼얹졌다. 역시 그의 키는 너무 작았다.

'취한 척하고 비틀거리며 정확하게 양복에 싸여 있는 가슴에 얼굴이 닿아서 미안하다고 말할 수 있을 정도의 남자가 좋다. 더 작고 날씬한 여자아이는 나 이외에 많이 있다. 당신과 나란히 서면 절대 내가 큰 여자로 보인다. 그러므로 따라오지 마시오' 라고 마음속으로 생각했다. 그러나 다음 날부터 그 작은 남자의 착신 번호가 하루 한 번, M의 핸드폰에 남게 되었다.

큰 여자는 손해를 본다

M도 옛날부터 삼고를 겨냥하고 있다고 대학시절의 동급생은 잘라서 말했다. 모두 세 가지를 높게 겨냥하고 있지만 그중, 어느 부분을 생략하고 차례차례 결혼했는데, 항상 M과 교제하는 남자는 그림으로 그린 듯한 삼고로, 신장은 적어도 180센티미터 이상이어야 하고 견실한 일을 하는 사람을 좋아해야 하는 것은 부모의 영향이고, 신장은 자신이 양보할 수 없었다.

옛날부터 큰 여자로 통했다.

"이렇게 키가 크면 데리고 갈 사람이 없다"고 항상 주위에서 말했다.

지금은 신장 165센티미터로 손발이 큰 요즘의 아이들 사이에서는 결코 큰 편이 아니지만, 왠지 같은 신장이라도 M은 크게 보였다. 다이어트에는 신경을 쓰고 있지만 골격이 커서 아무래도 행동거지도 큰 듯했다. 초면인 남성에게 "당신은 풍채가 너무 훌륭하다"라고 들을 때가 있다.

실은, 여자에게 풍채가 좋다는 것은 그다지 유리하지 않다. 사적인 것은 물론, 일에서도 마찬가지다. 언뜻 봐서 귀여운 쪽이 절대로 유리하다. 연애도 물론 그렇다. 작고 날씬해서, 사실은 M보다 훨씬 강한 여자아이가 득을 보는 것을 항상 보아왔다. 큰 남자가 좋은 것은 그 반동인지도 모른다.

자신보다 압도적으로 덩치가 큰 남자 옆에 있으면 마치 작은 여자아이 같아서 기뻤다. 아무리 구두를 신어도 키스를 할 때는 위를 향하고 드라마 같은 느낌으로 키스하고 싶다.

반 년 전까지, 이 년 동안 질질 끌면서 교제했던 원래 애인은 대규모의 증권회사에 근무했으며 암청색의 양복이 잘 어울리는, 같은 나이의 남자였다. 언젠가는 결혼을 하겠다고 꿈꾸며 교제했는데 사실은 그 남자와는 잘 어울릴 것 같지가 않았다.

남자들은 초면에 동물처럼 상대를 잰다. 큰 키로 압도할 수 있는 남자는 그 부분에서 이긴다. 그래서 그런지 분발하지 않는다. 남자는 여자보다 열등한 존재면 안 된다고 생각하고 있다. 그래서 그런지 압도적으로 여자보다 체격적으로 우수한 남자는 노력하지 않는다. 노력을 별로 하지 않아도 대기업의 명함을 갖고, 용모도 그럭저럭이면 일단은 인기가 있다.

고객과 전화로 큰 소리로 싸우는 M은 여자가이니까 하면서 참는다. 지금까지 결혼할 수 없었던 것은 오로지 키 큰 남자라는 것을 양보하지 못하는 취향의 문제라고 생각한다.

원래 애인과 헤어진 지 오래 되었다는 소문을 들었고 M은 그런 그를 처음에는 경계했다. 결국 실직도 하지 않고, 회사도 어느 대규모 증권처럼 망하지도 않았다.

그렇지만 그 때의 허둥거리는 태도가 화가 나서 M 쪽에서 차버렸다.

"명함 한 장 없어지는 것으로 남자와는 이렇게 헤어질 수 있다." 그녀는 생각했다.

남자도 여자도 정말로 어려운 시대이지만, 직업이 있어서 만큼은 다행이라고 M은 생각했다. 지금의 시대, 주부잡지에 실려 미소짓는 여자는 도대체 어떤 남자를 잡고 있는 걸까?

결국, M은 일 년 전 회식자리에서 만난 작고 수다스럽고, 내일도 알 수 없는 회사를 혼자서 꾸려가고 있으며, 양복을 입지 않고, 항상 스포티한 구두를 신고 있는 '작은 남자'와 결혼했다.

결혼식을 올릴 무렵에는 작은 남자가 오히려 인기가 있었다. 그리고 키 작은 남자 연예인이 스타가 되어 있었다. M의 '집착'을 알고 있던 친구들은, 거의 시선의 높이가 다르지 않은 신랑 옆에서 힐을 신지 않은 신부를 보고, 놀라고 있었다. M은 정말로 행복 그 자체의 얼굴로 웃고 있었다.

● 이 년 후의 M을 방문해서

"작은 남자의 장점이라면 나는 이제 잡지에 쓸 수 있을 정도로 많다. 도요토미 히데요시도, 나폴레옹도, 모두 작은 남자였기 때문이다."

지금 그의 회사를 돌봐주고 있는 M은 이렇게 말했다.

드라마 같지만 그의 벤처기업은 크게 성공하여 불황의 파도 속에서도 흔들리지 않는다. 견실한 M으로서는 대모험이었던 결혼을 반대했던 부모도, 지금은 안심하고 있다. 그 같은 타입은 어떠한 일이 있어도 무언가를 발견하여 강인하게 살아남을 타입이라고 알고 있기 때문이다.

"그는 일도, 노는 것도, 여자를 설득시킬 때도 항상 열심이다. 함께 살고 있는 지금도 일을 잘 처리하고 있어서 굉장히 편하다. 지금은 불황으로, 그가 하는 사업이 어렵다고 말들 하고 있지만 벤처라도 단체가 고객이므로 꽤 든든하다. 아직 모두가 회사에 매달려 있을 때에 큰 배에서 뛰어내린 그를 굉장하다고 생각한다."

밤에 취해 돌아오면, M이 침대까지 끌고 간다. 그에게는 절대로 이야기할 수 없지만, 고양이처럼 훌쩍 들어올릴 정도로 더 작아도 좋을지도 모른다고 생각한다.

같은 나이라고 해도 먼저 가는 남편을 배웅하는 것은 여자 쪽이 될 것이다. 꿈은 아닌 듯하지만 결혼한다는 것은 상대의 간호를 할 각오도 있다고 한다. M은 항상 이야기하고 있었다.

"작은 남자가 편하다."

함께 열심히 일해, 아시아의 휴양지를 돌며 여행하는 것이 취미인 두 사람은 다음 호의 러브호텔의 특집에 나와 달라고 모 여성잡지가 부탁을 해왔다.

"그 잡지를 보고 '어떤 사람과 결혼하면 이렇게 되는 걸까' 라고 생각하는 여성이 있을까 정말 우습다. 그렇다면 나는 반드시 '작은 남자' 를 추천할 수 있다고 말할 수 있다."

만혼의 키워드는 역전

이렇게 몇 가지 사례를 늘어놓고 보면 만혼의 키워드는 '역전' 같이 보여진다.

모든 사람이 '다른 사람보다 얼마나 많은 돈과 재물을 갖고 있을까' 가 행복의 기준이었던 버블 시대에 고급 승용차를 원했던 여성이, 결국은 평범한 셀러리맨의 부인이 된다. 남자의 보조역할을 철두철미하게 하고 있던 유능한 여직원도 '출세하는 남자' 를 지지하는 부인이 되지 못하고, 결국은 '따라와 주는 남자' 를 선택하고 남자와 대등하게 일을 하는 길을 선택한다. '연하' 도 '작은 남자' 도, 결국 만혼은 우리들이 원했던 남자의 가치관을 완전히 역전시켰던 것이다.

연재 당시에는 좀더 많은 사람의 이야기를 들었는데 이십대에 가졌던 남성에 대한 이상의 연장 선상에 있었던 결혼을 한 사람은 없었다. 이십대, 삼십대 여성들은 확실하게 변해왔다. 남성의 이상도, 결혼의 의미도, 자신이 어떤 식으로 살아가고 싶은지 역시 의문이다.

독신 남성들은 '나이를 먹으면 타협한다' 라고 한다. 여성들의 사전에는 '타협' 은 없다. 옆에서 보면 "그렇게 고르더니, 왜' 하필이면 상대가 그런 사람일까"라고 의외의 상대와 결혼한 사람도 있을 것이다. 타협이란 '양' 의 변화이지 '질' 의 변화는 아니다. 신장 180센티미터 이상이라고 말하고 있던 여성이 170센티미터도 좋다고 생각하는 것은 타협이다. 180센티미터가 아니더라도 이 사람의 어떤 점이 좋다고 생각하면 그것은 '질' 적으로의 변화이다. 여성들의 이상은 '질' 이 변화하고 있는 것이다.

우리들의 세대는 부모세대로부터의 '가족신화'의 각인을 받아 버블 시대에 '연애지상주의'를 실천하고, 결혼하고부터는 '영원히 서로 사랑하지 않으면 안 된다(포에버 러브증후군)'와 여러 가지의 '깊은 생각'으로 칭칭 얽혀 있다. 일에 능숙한 여성일수록 '자신보다 일을 잘 할 수 있는 남성'을 원하고, 남자는 '자신보다 밑'인 여성을 원하는 '이상'도 변화지 않았다. 양이 아닌 질의 전환이 일어나는 것은 매우 어렵다.

그러나 여성들은 씌었던 귀신이 떨어져 나간 듯이 결혼해 있다. 우리에게 덮혀 있던 것은 예로부터 내려오는 가치관의 각인과 어떻게 해서라도 결혼을 해야 한다는 무거운 압력이다.

남성의 눈이 여성의 '연령'에 가려져 있는 것이 동시대인 남성들에게는 아직 일어나지 않기 때문이다. 버블의 세례를 받지 않은 세대 쪽이 처음부터 불경기의 세파에 시달렸던 만큼 머리는 더 순수하다. 그리고 연상으로 자신보다 일을 잘하고, 키도 크고, 왠지 모르게 뭐든지 잘할 듯한 여성을 선택할 수 있는 남성이라는 것은 용기가 있는 증거이기도 하다.

종신고용제의 붕괴, 마이너스 성장, 도산, 실직과 일본의 안정 장치가 사라져가고 있는 지금, 가장 우왕좌왕하고 있는 것은 오래된 기업에서 일생 태평할 것이라고 믿고 있던 남성들일 것이다. 그런 동시대의 남성들 사이에서 최근, 나약한 소리를 하는 것이 유행하고 있다. 약한 자신을 인정하는 것은 확실히 용기 있는 행동이다. 그러나 나약한 소리를 듣고 "그런 너를 이해해"라고 의지하게 하는 여자 쪽도 곤란하다. 여성 역시 막 '자립' 한 것이다.

그 점에 있어서는 아시아의 여성들 쪽이 훨씬 각오가 되어 있다. 약해진 남자들이 그녀들의 '따뜻한 팔' 을 원하는 것에도 불평을 하지 않는다. 그런 면에서 일본 여성은 너그러움에 있어서는 아직 멀었다.

의지하고, 의지 당하는 것보다 함께 걸어가는 것, 그것을 목표로 했을 때 결국 선택하는 것은 '역전 남자' 가 되는 것일 지도 모른다.

2

커리어우먼의 결혼과 자녀 키우기

S양의 경우 | 조지 루카스와 일을 한 여자

버블의 전성기에 인기가 있던 커리어우먼들은 지금 어떻게 되어 있을까?

누구보다 먼저 해외로 이주해 자립한 여자로서 세간에 등장한 그녀들이다. 그녀들이 너무 멋있었기 때문에 그것을 보고 많은 여성들이 자신을 찾으러 해외로 나갔다. 많은 여성들이 세련되게 입고 사무실을 활보하는 것을 동경했다. 그런 시대의 한보 앞선 그녀들도 지금은 각각 아내가 되었고 엄마가 되어 있다.

그런 여성에게 결혼이 무엇인가라는 질문에 그녀들은 어떤 대답을 할까?

슈퍼우먼의 결혼

S양(1956년 출생)은 헐리우드에서 오랫동안 영상업계에 종사했다. 그녀는 조지 루카스 감독과도 일은 한 적도 있다.

"뿌리를 내리는 것이 좋을까 하고 결혼을 했다." 그렇게 말하는 S는 서른 여덟 살 때 결혼했다.

모델 같은 큰 키로 구찌 브랜드의 검정 롱스커트를 입고 짧은 머리로 씩씩하게 걷는 그녀는, 보기에 그냥 평범한 사람 같지 않은 분위기이다. 그러나 지금은 동경의 도회지에서 대대로 내려오는 반찬가게의 주인이 되어 있다.

출생은 사이타마(埼玉)현의 오오미야(大宮)이다. 그녀에게 있어서 동경은 항상 어중간한 위치에 있었다. 집에서 나오려면 좀더 멀리 갈 수밖에 없었다. 유학을 결심한 동기는 단순했다.

지금처럼 누구나 가볍게 유학을 가는 시대는 아니었다. 주위에 경험담을 이야기해주는 사람도 없었다. 스스로 관련된 책을 구입해서 읽었다. 유학을 갈 나라 방향은 서쪽으로 정했다. 영어를 전공하고, 졸업 후 3, 4년은 관광국에서 일하고 독립했다.

굉장히 좋은 시기에 거기에 있었다. 어쨌든 일본의 기업이 물 쓰듯 광고비를 사용하며, 헐리우드에서 광고를 촬영하는 시대였다. 루카스의 팀을 사용하여, 일본의 CM에서 자주 일을 했다.

CM의 프로듀서였으며 영화에도, 단역인 중국인의 술집여자 역으로 출연한 경험도 있다. 속옷 같은 드레스도 입어 보았다. 당당한 어조로 말하는 그녀는 화려한 커리어를 그림에 그린 듯하다.

그러나 미국의 경기가 하락하고, LA폭동으로 귀국을 결심했다. 미국은 준비 없이 유학 온 일본 여자에게 충분히 꿈을 보여주었지만, 어려움을 헤쳐 나가는 강인함도 요구했다. 미국에 계속 사는 것에 조금 지쳐 있을 때, 일본의 광고회사로부터 스카웃이 되었다.

그리고 일본은 뒤늦은 버블의 전성기였다.

"그때쯤 회사의 근처에 아파트를 얻었다. 그것이 지금 남편의 가게 바로 옆이다."

청년모임에서 북을 메고

도시여서 멋진 가게도 많았다. 아파트에 사는 신참인 주인과 원주민인 주인은 같은 마을에 있어도 전혀 어색함이 없다. 단골 술집의 바텐더는 원주민이다. 일이 끝난 상점가의 대를 이을 자식들이 모이는 장소이기도 했다.

동기는 축제였다. LA에 있을 때 북을 배운 S는 축제에 참가했다. 원주민의 축제에서, 북을 메는 청년모임에 참가했던 것이다.

"가벼운 마음으로 참가했는데, 갑자기 축제의복, 버선, 머리에 두르는 수건, 모든 준비를 완벽히 갖춘 후 그녀가 나타났다."

그러면서 여러 사람과 함께 어울리기 시작했다. S를 마음에 들어했던 그 사람은 이렇게 말했다.

"그는 여섯 살 연하이고, 덩치가 큰 사람이었다. 첫인상으로 그는 말이 너무 없었다. 서로 친해지자 그는 제법 핵심을 찌르는 질문을 나에게 해왔고 그러는 그가 마음에 들기 시작했다. 알고 봤더니 그는 한 곳에서 삼대 째 반찬가게를 하는 집안의 아들이었다. 그런 이유는 그는 요리에도 꽤 일가견이 있고 심지어 TV 요리프로에도 나가는 유유자적형의 남자였다."

여자로부터 모르는 것을 지적 당하면, 싫어하는 남자가 있다. 그러나 그는 여자든 남자든 상관없이 재미있는 것은 재미있다고, 확실하게 받아드리는 사람이었다.

그 둘은 가까워지고 급기야 그는 S의 아파트에 놀러오게 되었다. 하지만 그녀는 저녁 늦게, 그는 이른 아침, 일 때문에 엇갈려 만남이 좀처럼 힘들었다. 어쨌든 지쳐서 돌아오면 맛있는 밥을 지어 놓고 기다리기 시작했다. 그는 S 같은 전문직 여성과 잘 어울리는 이상적인 남자였다.

친구들에게 S는 서로 '음식' 으로 친해졌다고 했다. 처음에는 직장에서 주로 알게 된 남자가 대부분이어서 낯설고 서먹했다. 하지만 시간이 지나자 서서히 익숙해져갔다. 그의 할아버지와 할머니도, 마을의 일원으로서 일하고 있다. 낡았지만 인간미가 있다. 마음이 따뜻하다. 이 사람이라면 뿌리를 내려도 좋겠다는 생각이 문득 들었다.

그가 결혼하자고 했을 때 그녀는 처음으로 솔직하게 '예스'

라고 했다.

결혼하고 나서 얼마동안은 변함없이 열심히 일을 했다. 아이를 원했지만 좀처럼 생기지 않았다. 미국에서는 커리어우먼의 고령출산은 당연했으므로 쉽게 단념하고 싶지 않았다.

그러다 이젠 정말 아이를 가져야겠다고 마음먹고 퇴직을 했다. 그런데 이미 퇴직 한 달 전에 임신이 되어 있었다. 역시 출산은 어려웠다. 노산의 고통을 실감했다. 미국에서는 고령출산의 어려움을 누구도 알려주지 않았다.

아이가 태어난 후 삼 세대가 함께 살고 있다. 시어머니가 건강하므로, S는 가게에 배짱 좋게 나가지 않았다. 지금은 전적으로 아이만 키우고 있다.

S는 지금도 여전히 아이를 키우는 것이 즐겁다고 했다.

쉽게 결혼 생활에 적응하는 S를 보고 어쩌면 하던 일에 대해 미련이 없을까 하는 의문도 들 것이다. 하지만 S 역시 세상살이가 그리 녹녹지 않다는 것을 잘 알고 있다. 그리고 일할 때로 다시 돌아간다면 좀더 책임감 있는 상사가 될 수 있을지도 모른다고 생각했다.

여자고 남자고 일에 열정이 식어버릴 때가 있다. 문득 허무함과, 마귀가 떨어져나간 듯한 상실감에 지배받을 때가 있다.

남자들은 여자들의 결혼을 두고 도피처라고 말하기도 한다. 하지만 어디까지나 남자들의 생각이다. 결혼을 도피처라고 생각하기엔 너무 어려운 일이다.

S는 의외로 투피스를 청바지로 갈아입듯이, 자연스럽게 바

꿨을 뿐이다. 이제 자연스럽게 변한 모습이 자연스런 미소와, 언행이 결혼의 의미를 가르쳐주었다.

● 삼 년 후의 S를 방문해서

S는 두 아이의 어머니가 되어 있었다. 갓난아이였던 장남은 이제 한시도 눈을 뗄 수 없는 개구쟁이로 자라 유치원생이 되어 있고, 한 살 터울로 딸 하나를 두고 있었다.

"전에 인터뷰할 때는 아이가 자고 있어서 그래도 여유가 있었다. 아이를 키우는 것이 즐겁다고 쉽게 생각했었다."

지금은 아이 키우기로, 이리 뛰고 저리 뛰고, 전혀 여유가 없다고 한다. 두 번째 아이가 금방 생겼으므로 숨 쉴 틈도 없이 쫓기게 되었다.

그녀는 지금의 자신의 모습에 후회만 있는 것은 아니지만 나중에 자신의 딸에게는 자신의 삶을 반복하지 않도록 할 것이라고 덧붙였다. 그러면서 고령출산의 어려움을 털어놓았다.

최근 고령 출산한 친구들이 '자신이 하고 싶은 것은 모두 경험했으니 이제 여유있게 아이를 키울 수 있다는 긍정적인 대답을 기대했었다. 하지만 현실은 역시 쉽지 않음을 S를 인터뷰하면서 절감했다.

고령 출산이 많은 미국에서도 마흔 살에 아이를 낳는 것은 그나마 괜찮지만 마흔 두 살에 아이를 키우는 것은 어렵다.

지금 S의 또래 아이들 부모는 S보다 훨씬 젊다. 둘째 아이를 키우면서 좀더 나은 곳으로 가야 할까 고민중이라고 했다.

S는 다른 엄마들에게 자신의 나이를 얘기하지 않는다고 했다. 그러면서 아이에게 바라는 것은 단순히 학력, 졸업장이 아니라 앞으로 스스로 살아갈 수 있는 힘을 길렀으면 하는 것이다. 특히 영어교육만큼은 누구보다도 일찍부터 교육시킬 것이라고 했다. 낳고 키우는 것은 어차피 여자의 몫이다. 알고 있지만 왠지 손해보는 것 같다. 일을 계속하려면 육아는 힘들어진다. 그래서 그렇게까지 하면서 아이를 낳아야 하는지, 대다수 여성들의 고민이다. 아이를 꼭 갖기 원한다면 일찍 낳는 게 좋다. S의 경험담이다. 아무리 능력이 뛰어난 직장인이었다고 해도 자녀를 키우는 것은 미지의 개척이다.

대다수 여성들의 공통적인 의견은 육아가 제일 어려운 문제라고 했다. 그러면서 자신들을 성숙시키는 과정임을 부인하지 않는다고 했다. 직장생활에서 재미있는 추억도 많이 있었고, 성취감을 맛보는 것도 정말 좋았다. 그러면서 결혼해 아이를 키우면서는 뭔가 또다른 성취, 도전의욕은 생기지 않았다.

물론 지금도 일의 유혹을 받는다. 그러나 S는 이제 됐다고 대답했다. 아무에게도 말을 할 수는 없지만 자신만 알 수 있는 '훈장' 이 있으니까 말이다.

3

누구를 위한 혼전임신인가

마녀의 조건

"만약 내 아들이 여덟 살 연상의 여자를 데리고 오면 나는 인정할 수 없다."

어느날 카페에서, 네 살이 되었을까 말까 하는 아이들을 데리고 있는 부인들 사이에서 들린 말이었다. 그러자 앞에 앉아 차를 마시던 한 여인의 손이 갑자기 멈추었다. 그녀는 지금 여덟 살 연하인 남자와 연애중이었다. 그녀도, 아이를 데리고 온 부인들도 같은 또래 같았다.

N(1960년 출생)은 출판사의 이벤트 담당이다. 특히 아트 쪽과 관계가 많았고 해외저작물 담당이었다. 그런 그녀가 마흔 살에 혼전임신을 하게 되리라고는 전혀 예상하지 않았다.

"일기를 쓰면 지금 무엇을 고민하고 또 무엇이 소중한지 알 수 있지 않을까?"

여덟 살 연하는 넌지시 말했다. 그렇지만 그 말이 N의 마음에 와 닿았다. 그 때부터 뭔가가 시작된 듯한 기분이 들었다.

연하인 후배는 일도 잘하고 감각도 좋고 뭐하나 나무랄 데가 없었다. 그러면서 동료들 사이에서 은근히 그런 후배를 못마땅해하고 이상하게 여겼다. N과 둘이 다녀도 부하와 상사직원으로 서로에게 특별한 감정이 있을거라는 것을 생각하지 않았다.

그러던 어느날 우연히 함께 야근을 했다. 그때는 N이 유부남을 애인으로 만나고 있을 때였다. 그것을 알게 된 연하의 후배는 N에게 유부남과의 사랑을 믿지 말라고 했다. 그리고 차분하게 N과의 교제를 시작했다.

사랑하지만 결혼은 아니다

N의 이십대의 연애관은 사랑하는 사람과는 결혼할 수 없다였다.

대학시절, 운명의 사람을 만났다. 처음부터 연인사이는 아니었지만 N은 그를 사랑했었다. 그러자 그가 N에게 반대로 사랑을 고백했고, 그때 N은 오히려 그 사랑이 깨질 수도 있다는 두려움이 생겼다.

“그 이외의 다른 사람과 결혼은 생각할 수 없다. 그러나 그와 결혼해서 변해 가는 것을 인내할 수는 없다.”

N은 그런 모순된 마음을 갖은 채, 서로 다른 유형의 남자와 다른 색깔로 교제를 했었다. 지금 생각해보면 그 누구도 진심

으로 좋아하지 않고 마음을 분산시키고 있었던 것이다.

버블이 끝났어도 버블이 끝난 것을 모르는 것처럼 N의 생활은 삼십대가 되어도 변화가 없었다.

시간이 흘러 N이 가장 사랑했던 그는 다른 사람과 결혼해 버렸지만 친구관계는 변함이 없었다. 어떤 사람을 만나도 그가 제일이라는 마음은 변하지 않았다. N은 변함없이 작은 할렘의 여왕으로 일과 연애로 즐겁게 하루하루를 보내고 있었다. 따뜻한 곳에서 추운 곳으로 나가려고 하지 않는 자신을 깨닫지 못하고 있었다.

그런 N을 붙잡아 지상으로 끌어올린 사람이 여덟 살 연하인 후배였다.

후배는 N을 진심으로 아끼고 사랑했지만 N은 그런 그를 처음부터 사랑할 수 없었다.

N의 이상형은 조금 반항기가 있으며 고민을 하는 듯, 사소한 것을 가지고도 재미있게 대화를 할 수 있는 사람이었다. 문화적으로 성숙하고, 자유분방한 그런 남성이었다. 그러다 완전히 반대는 아니지만 그와는 다른 연하 후배와 사랑을 하게 되었다.

서로에게 빠지다보니 연하가 다르게 보였다. '이런 사람이 세상에 존재하다니' 라고 놀랄 정도의, 인간적으로 존경할 수 있는 사람이었다. 비뚤어진 것을 가장 싫어하고, 떼지어 다니지 않고 조용하지만 재미있었다. 그리고 혼자서 뭐든지 할 수 있는 자립형이었다. 알고 보니 이런 남자가 세상에 존재한다는 게 믿기 어려울 정도였다. 그리고 왜 진작 만나지 못했을까 후회했다.

기적이 생기다

데이트는 계속되었다. 그런다 N은 연하인 그가 아이를 원한다는 것을 알았다. 하지만 불행이도 N은 자궁에 근종이 있어서 임신이 어렵다고 의사에게 선고를 받았다.

연하인 그에게 정식 청혼을 받았지만 N은 사실대로 말할 수밖에 없었다. 그럼에도 연하인 N은 정 아이를 원한다면 입양도 괜찮다고 편하게 말했었다.

그러다 어느 날 친구와 저녁약속을 했다. 연하인 그와 교제하게 되면서 오랫동안 만나지 않았지만 N은 그 친구에게 연하인 그와 결별을 의논하려고 했었다. 지금까지 어떤 남자를 만나도 흔들림이 없었던 남자였는데 막상 가까이 오자 쫓아버리고 싶어졌다. 자신의 변화에 놀라면서 서둘러 귀가했다. 그리고 잠자리에 들고 세 시에 살며시 잠에서 깼다. 아무 생각 없이 임신테스트를 했는데 임신이었다.

임신을 하게 되고 그 이후의 일은 척척 진행이 되었다. 물론, 마흔 살의 임신으로 '고령 출산' 이라는 문제가 생겼다. 출산까지는 안정의 상태를 유지했다.

그렇게 해서 7개월 후 아이를 출산했다. 그리고 서류상으로도 결혼을 했고 지금은 가족 세 명이 함께 단란하게 살고 있다.

운명의 사람은 바로 눈앞에 있다

높은 건물을 위로 쌓아 올리고 있다가 어느날 그것이 무너졌고 그 밑에 작은 집이 있었다고 N은 자신의 결혼과정을 회상했다. 모든 것이 순식간에 일어났고, 지금은 작고 귀여운 생명이 새록새록 자라고 있다.

이십대 그리고 삼십대의 싱글 생활은 즐거웠고 바다 속 궁전같이 아름다웠다. 어느새 여기까지 왔다. 그렇지만 잃어버린 것도 없고, 후회도 없다.

"결혼만이 인생 전부는 아니다. 만약 그를 만나지 못했다면 나는 지금도 결혼할 필요도 없었을 것이고 나름대로 그냥 홀로 지내고 있었을 것이다. 그렇지만 지금은 결혼이 나쁘지도 않고 아이는 매우 귀엽다. 해보지 않으면 알 수 없다." N의 지금의 심정이었다.

알지 못하면 그냥 지나칠 수도 있었다.

N의 만혼과 혼전임신, 그리고 연하라는 결혼과정은 지금 결혼에 혼란스러워하고 있는 모두에게 해당되는 것이다. 그러나 그녀의 결론은 결국, 남자란 나이도 아니고 외모도 아닌 바로 '그 사람' 이라는 것이다. 그리고 한 여성이 '바로 이 사람이야' 하는 남성을 만났을 때는 분명히 그 사람을 운명적인 사람으로 인식한다는 것이다. 결국 그것을 알게 해준 남성과 결혼하는 것이다.

어느 여성에게 시의 얘기를 해주었다. 그러자 자기 주위에도 비슷한 예가 있다고 했다. 그녀는 최근, 그녀의 회사에서도 마흔 살이 넘어서 임신을 먼저하고 결혼을 했다고 한다. 상대는 열 살 연하인 동료이다. 그녀는 동급생과 결혼했었는데 몇 년이 지나도 아이가 생기지 않아서 괴로워하다가 그만 몇 년 전에 이혼했다고 했다. 아이를 핑계로 결혼을 거부한 그녀에게 신랑이 되어 준 사람은 연하의 동료이다. 결국 축복 속에 결혼했다.

정말로 비슷한 이야기지만 전혀 다른 커플이다.

지금, 삼십대의 후반에서 사십대로 여성을 결혼과 연애 상대로 생각하는 남성은 유감스럽게 거의 없다. 반대로 여성들이 선택하는 파트너는 다음 세대의 남성이라는 것이다.

반대로 그들은 왜, 한 세대나 연상인 여성을 선택하는 것일까.

그것은 우리들의 세대가 결국은 나이가 아니고 그 사람이기 때문이라는 것을 알고 있기 때문이다.

부모로부터 받은 구세대의 가치관과 버블 시대를 경험했던 우리들은 다르다는 것이다. 이제 남성들은 더욱 남성임을 과시하지도 않는다. 여성도 마찬가지로 무조건 응석만 부리지 않는다. 이제 독립했다.

저출산율을 구하는 방법

2000년 인구동태 파악에 의하면 결혼에서 출산까지의 기간이 9개월 미만으로 나타났다. 즉 '임신' 가능성이 높은 결혼은 26.3퍼센트로 현재 4명에 1명이 '혼전임신'을 경험한다는 것이다. 연령별로는 스무 살 미만인 8퍼센트 이상이 혼전임신이고, 이십대 전반에서도 반수 이상을 차지했다. 이십 년 사이에 배로 증가한 셈이다. 결혼의 흐름이 확실하게 변하고 있다.

기무라 타쿠야와 구도 시즈카의 '혼전임신'이 세상을 떠들썩하게 한 것은 20세기 말이었다.

그들의 혼전임신 기사를 쓸 때는 지금의 '혼전임신'이 결혼난국 시대의 한 구제방법이 될 줄은 몰랐다.

이때 한 마흔 살의 독신남성은 이 방법 또한 절실하다고 말했다. 그는 한 번 이혼 경력이 있는 남자 패러(남자 패러 사이트 싱글, 동경시내에서 부모와 동거)로, 현재 가장 결혼하기 힘든 요소를 지니고 있다. 가볍게 교제하고 있는 여자는 한 두 명 있는 듯하지만 왠지 결혼이 쉽지 않은 남자였다. 본인도 "특별히 지금, 결혼의 필요성은 느끼지 않는다"라고 요 며칠 전에도 이야기했었다.

이제, 이러한 과정이 아니면 결혼할 수 없다고 극단적인 얘기도 한다.

필자 또한 한편으로 수긍이 갔다. 결혼을 한다고 해도 임신은 점점 어려워진다는 게 그들이 생각하는 것이다.

아니라고 반론도 하는 남성도 있지만 예전보다 부부사이에 섹스 회수가 희박해진 것도 사실이다. 일본 가정에는 낭만과 섹스가 점차 사라지고 있다. 학자들도 소자녀경향의 이유로

'섹스리스설' 을 들고 있다.

다른 독신남성들의 의견도 거의 비슷하다. 불륜이 아니더라도 너무 긴 봄을 지내버린 성인의 혼전임신은 이제 다시 없는 좋은 기회이다.

결혼을 결심하지 못하고, 결혼을 해도 아이를 낳지 않는 남녀, 그것이 만혼과 소자녀경향요인이다. 결혼도 하고, 아이도 낳는 혼전임신은 이 시대의 최후의 방법이라고 할 수 있을지 모르겠다.

그동안 아시아의 대가족주의는 살아가기 위한 중요한 수단이었지만 풍요로워진 일본에서는 대가족은 도태되었고, 지금은 소단위인 '핵가족' 도 도태되려고 한다. 일본의 가족에 남아 있는 것은 '아이양육' 의 기능뿐이 아닐까 하는 생각마저 든다.

그러면서 현실은 아직 결혼하지 않고 아이만을 낳겠다고 하는 젊은 여성의 의식이 실현화되기는 요원하기만하다.

유전자를 남기지 않는 남자들

여자들의 의견도 들어보자. 삼십대 싱글, 또는 기혼인 여성들에게도 역시 혼전임신은 전보다 증가했다.

대개 '임신' 을 하게 되면 여성이 주도되어 결혼까지 하게 되는 경우도 왕왕 있다.

오랫동안 교제하고 있는 남녀의 사이에 '임신' 이라는 문제가 생겼을 때 그것을 적극적으로 해결하는 쪽은 여성이다.

어느 싱글인 서른 아홉 살의 남자는 결혼 안 하는 것에 대하여 한 여자에게 이런 말을 들었다.

"좋아하는 여자에게 자신의 아이를 낳게 하고 싶지는 않은가?"

심중에 자리하고 있었는지는 모르지만 신중하게 생각한 적이 없으므로 거짓말을 할 수밖에 없었다. 그러고 보면 최근 드라마의 대사에도 "나의 아이를 낳아 주시오" 같은 말은 없었던 것 같다. 어떤 남성은 "자신의 유전자에 자신이 없으니 아이는 원하지 않는다"고 확실하게 말했다. 최근의 남성에게는 2세에 대한 본능은 있어도 그것을 구체적으로 실행해 갈 만한 여유가 없는 것 같다.

한편, 한 결혼정보회사의 조사에 의하면 결혼은 싫으면서 자신의 아이는 원한다고 하는 남성이 증가했다고 한다.

실제로 그렇게 말하는 남성과 대화를 해보면 그들이 생각하는 아이란 저녁에 울거나, 기저귀를 갈아주거나 하는 귀찮은 존재가 아니다.

실제로 결혼을 한 남성 중에 아이양육을 직접하는 경우도 많다.

최근에도 또 연애인의 '혼전임신'이 발표되었지만 이제는 '혼전임신'에 대해 세상은 많이 관대해졌다. 소자녀 문제 해소를 신중하게 생각하지 않으면 안 되는 정부로서는 감사해야 할 문제이다. 기무라 타쿠야 부부는 그런 의미에서 표창을 받아도 좋을 지도 모른다.

지금의 일본에서는 출산장려를 하지 않으면 저출생율을 회복하지 못한다. 또한 싱글마더를 정부가 깊이 옹호해서 출산율을 높이는 방법은 유럽에서 이미 성공하고 있는 수단이지만 일본에서는 현재, 거기까지 진보된 정책은 없다. 혼전임신을 한 커플은 반드시 결혼하길 바랄 수밖에 없다. '혼전임신' 은 이제부터의 시대의 '희망' 인 것이다.

4

아플 때도 건강할 때도

이제 하나의 아름다운 삶

인간은 혼자서 태어나 혼자서 죽어간다. 사람의 일생의 시작과 끝은 정해져 있다. 그 사이의 고독을 메우기 위하여 사람은 서로 원하는 것일지도 모른다. 그리고 서로 믿을 수 있는 인연이라면 임종의 순간에도 사람은 고독하지 않을지 모른다.

마더 테레사는 인도에서 죽어가는 사람을 위해 집을 지었다. 한편으로 죽어 가는 사람들 보다 미래가 있는 아이라든지, 좀더 다른 것에 눈을 돌려야 하지 않는가 우려하는 사람도 있다. 그러나 마더 테레사는 이렇게 말했다.

"누구나 필요에 의해서 태어났다. 임종의 순간이라도 그것을 알려주지 않으면 안 된다."

버블 전성기 때 한 모임에서 요시코(佳子)라는 네 살 연상의 여자를 알게 되었다. 이 모임에는 솜사탕 같은 달콤한 결혼을 꿈꾸며, 얼굴을 내민 여자들로 가득했다. 그 중에서 한 사람만이 이질적인 분위기를 갖고 있었는데 바로 그녀였다. 작은 체구에 항상 에너지가 넘치고 있는 전문직 여성이었다. 요리도 잘하고 여장부형으로 누구나 의지하고 있었다.

삼 년 후 그녀가 큰 실현을 맞았다.

어느 대학병원에서 암 3기 진단을 받았다.

항상 다른 사람보다 세 배는 건강했던 그녀에게 그런 무서운 병마가 집을 짓고 있었는지 아무도 몰랐다. 검사를 하고 즉시 입원하게 되었다.

요시코에게는 당시, 오랫동안 교제하고 있는 애인이 있었다. 그녀보다 세 살 정도 연상이었다. 세일즈맨이었다. 조금 싱거운 분위기의 귀여운 얼굴의 남자로, 회사 퇴근길에 병문안을 가는 필자와 병원 안에서 자주 마주쳤다.

이윽고 그녀는 암세포 제거를 위해 대수술을 받게 되었다.

수술 후, 몇 개의 튜브를 꽂고 있던 그녀는 다른 사람처럼 약해 있었다.

그런 그녀를 옆에서 지켜 준 남자가 그였다. 시간이 자유롭지 않은 근무지의 생활을 포기하고, 일용직인 노무자로서 일을 하면서 병원에 다녔다. 솔직히 앞으로 오랜 세월을 인공장기를 달고 살아야 할 그녀와 과연 그가 함께 할 수 있을까 의심이 되었다. 그리고 필사적이지만 도중에 그 무거움을 이기지 못하게 되는 것은 아닐까 하고 걱정했다.

그러나 그는 물러나지 않았다. 일을 버리고 모든 것을 그녀와 함께 보냈다. 그녀는 그런 그에게 모두를 맡겼다.

그런 병상의 요시코는 옆에서 보기에 정말로 행복해 보였다.

3개월 정도 지나서, 일시적으로 자택요양을 할 수 있게 되었다. 휠체어로 그와 병원을 나오는 그녀는 빛나고 있었다.

그는 요시코가 안정을 찾으면 결혼을 하겠다고 했다. 하지만 요시코는 다시 입원하게 되었다. 그 역시 병상에 다시 붙어 있었다. 불행히도 입원을 하고 있던 요시코는 그가 지켜보고 있는 사이에 죽게 되었다.

그녀가 남긴 것은 진보적인 힘, 진솔한 조언, 따뜻한 언행, 포용력이었다.

암을 진단받고 단지 8개월만인, 만 향년 서른 다섯 살까지 살다가 그녀는 저 세상으로 갔다.

그녀는 강한 사람이었다. 혼자서도 살아 갈 수 있는 자립 여성이었다. 인간은 혼자서 태어나서 죽어간다. 그러나 그녀가, 임종에 혼자가 아니었다는 것에 매우 안심했다.

여자는 생각보다 훨씬 강하고, 사람은 생각보다 훨씬 약한 존재인 것이다. 두 사람의 임종에 맺어진 파트너십은 요시코의 죽음에 의해 종지부를 찍게 되었다.

시한부였기 때문에 그는 일을 그만 두면서까지 최선을 다했다고 심술궂은 견해로도 생각할 수 있다.

그녀가 죽고 나서 5년 후의 봄에 필자는 요시코 옆에 있던 그 남자를 만났다.

그때 그는 결혼한다고 했다.

마귀가 떨어져나간듯이 그 해 말에 결혼했다. 나에게 붙어 있던 마귀는 '그' 가 아니고, '그와의 결혼' 이었다고 생각한다. 그리고 그것이 떨어졌을 때 '결혼' 이라는 마귀도 없어지게 되었다. 그후 이상하게 '결혼' 이 다가왔던 것이다.

"아플 때도, 건강할 때도 죽음이 두 사람을 갈라놓을 때까지." 이말은 결혼 서약서이다. 그러나 그 말의 진가의 무거움을 받아들이며 서약하는 커플이 얼마나 있을까.

필자는 그녀가 죽었을 때 나이보다 더 많은 나이가 되었다. 그리고 그 서약의 말을 결혼식에서 말했다. 그때는 생각해내지 못했던 두 사람의 일을 지금 선명하게 떠올린다.

누구나 간단하게 입으로는 말하지만 엄청나게 무거운 말이다. 우리들에게 그 두 사람처럼 할 수 있을까라고 대답은 아직 나오지 않는다.

5

싱글 시대에 생각하는 '남과 여'

백마를 탄 왕자는 이제 없다

결국, 우리들은 '결혼'에 대해 왜 그렇게 많이 기대하는 것일까?

그저 한 사람의 운명의 사람

마음 변하지 않는 영원한 연인

'지금의 당신으로 좋아'라고 모든 것을 받아줄 수 있는 사람

부친의 대신으로 지금과 동등의, 또는 더 좋은 생활을 보장해 줄 수 있는 사람

일도 단념할 수 없는 자신을 지지해 줄 수 있는 사람. 또는, 여자인 자신이 단념한 사회적인 성공의 계단을 올라가는 사람

우수한 유전자의 제공자

협력하여 아이양육을 할 수 있는 사람

강하게 리드해 주고, 때로는 달콤하고 부드러운 연인이 될 수 있는 사람

때로 여자들은 결혼의 기대에 끝이 없다. 특히 '만족을 모르는 세대' 의 우리들의 경우는 더 그렇다.

이렇게 많은 욕망을 실현시켜 줄 왕자는 이제 없다. 이렇게 많은 욕망을 허용할 수 있는 '결혼' 같은 것은 없다. 왕자는 이제 없다. 그리고 여자들은 '싱글' 인 자신을 발견하기 시작했다.

나는 도대체 무엇인가?

왕자의 옆에 거처가 없다면, 나의 거처는 어디일까?

나는 도대체 무엇을 원하는가?

그리고 정신이 들었다. 결국, 자신을 속박하고 있었던 것은 그 누구도 아닌, 자신이었다는 것을.

엄한 부모도 아니고, 사회도 아니며, 더군다나 남자도 아니다. 자신이 자신을 "여자는 이렇게 하지 않으면 안 된다"라는 갑옷으로 단단하게 고정시켜 놓고 있었던 것이다.

일을 하고, 연애를 하고, 공부를 하고, 낙심하고, 상승하고, 가족에게 반항하고 그렇게 해서 '자신의 틀' 을 조금씩, 열심히 깨부수며 벗어버린 것이다.

자신의 껍데기를 벗어버린 자신은 자유롭다. 그리고 자유롭지만 고독하다. 그것을 알게 되었을 때 비로소 지금까지 자신을 사랑해 주었던 가족과 연인과 친구들의 고마움을 알게 된다. '혼자' 인 자신을 발견하면서, 인간은 '혼자' 서는 살아 갈 수 없다는 것을 알게 된다.

싱글로서 신뢰할 수 있는 친구를 갖는 것도 좋다.

결혼 안 하는 파트너를 갖는 것도 좋다.

결혼 안 하고 아이를 갖는 것도 좋다.

쉰 살이든지 이른 살이든지 하고 싶을 때 결혼해도 좋다.

결혼이 노후의 즐거움이라도 좋다.

이제부터는 '무엇이든지 있는' 시대가 될 것이다.

사람과 연결되는 형태는 한 가지가 아니다.

그것이 결혼일 수도 있고 아닐 수도 있다. 모두가 행복의 가면을 쓰고 오로지 위로 향하는 것은 우리들의 세대에서는 끝나야 한다.

야마모토 후미오는 자신의 결혼에 대한 미묘한 생각을 엮은 〈결혼욕구〉의 안에서 '독신인 채로 일생을 보내는 각오'를 이야기하고 있다.

삼십대 중반을 지나 보통의 인생을 보내온 사람은 아무 근거도 없이 '조촐하고 평범한 결혼생활'이 바라지 않아도 자신에게 주어질 것이라고 믿고 있다. 그러나 인생의 모두가 순조롭게 순서대로 진행되어 왔어도 결혼만은 순조롭게 되지 않는 경우가 있다. 어쩌면 결혼할지도, 어중간한 혼란스러움을 버리고 사람과 관계를 맺어간다.

필자는 이 문장을 매우 좋아한다. 누구에게나 주어질 듯한 평범한 인생, 표준적인 인생이라고 하는 것은 존재하지 않는다. 사람은 절대로 평등하게는 태어날 수 없다는 것을 누구나 알고 있다.

그리고 그녀는 올해 두 번째의 결혼을 한다고 한다.

파랑새는 가까이에 있다

만혼은 여자들이 '혼자' 인 자신을 발견해가는 과정이기도 하다.

하얀 웨딩드레스를 꿈꾸어왔던 우리들은 멀리까지 여행을 가서 결국, 또 하얀 웨딩드레스를 입게 되었다. 아직 사랑과 가족을 믿을 수 있기 때문이다. 하얀 웨딩드레스를 입은 '나'는 마냥 들떠 달콤한 미래만 생각하지는 않았다. 같은 하얀 드레스라도 속은 '한 사람의 여자' 또는 그것이 되려고 하는 과정의 '여자' 이다.

옆으로 다가오는 파트너는 소녀시절에 꿈꾸었던 왕자와는 다르다.

만혼의 중심에 '역전' 이 있다고 했지만 그것은 표면적일뿐 반드시 '연하' 의 '갈증을 해소 시켜줄 수 있는 사람' 이 좋다고 하는 것은 아니다. 그것보다 중요한 것은 '머리의 순수함' 이다. 골똘히 생각해 보면 예전에 '남자답다' '여자답다' 라는 가치관으로부터 얼마나 자유로운 사람인가는 어쩌면 성에 있어서 얼마나 자유로운 사람인가일 것이다.

연령에 관계없이 유연하고, '독립적인 남자이다.

여성이 의존하지 않으면 완전하게 혼자서 자립해 있는 남성이 보인다. 그들은 부자도 아니고 좋은 자가용도 없고, 키도 작고, 지금까지 자신에게는 '시야에 들어 오지 않았던' 남자일지도 모른다.

'파랑새' 는 집에 있었는데 먼 곳만을 보고 있던 여자들에게는 그것이 보이지 않았던 것이다. 여행을 마치고 집으로 돌아온 여자들은 마침내 '파랑새' 를 발견할 수 있게 된 것이다.

아시아의 가족을 보면 가족은 정말로 살아가기 위해 서로 돕고 있다. 서로 돕지 않을 수 없다는 것을 알게 된다. 돈을 벌기 위해 일본에 오는 필리핀 여성들은 송금을 해서 가족에게 집을 사게 한다. 돈이 필요하게 되면 고리 대금업도 없는 나라에서는 친척에게 돈을 빌릴 수밖에 없다. 실업보험, 의료보험, 사회복지제도 같은 혜택이 없는 나라로 실업자가 되거나 병에 걸려 일을 할 수 없게 되면 당장 내일부터 살기 곤란한 나라이다. 그런 나라에서 가족은 서로 의존하지 않으면 살아갈 수 없다. 일본 사람이 그러한 아시아의 다른 나라를 보고 가족의 인연을 그리워하는 것은 평화병일지도 모른다. 서로 사랑하는 인연이라도 의존이 개입하면, 구속이 될 수도 있다.

가족이 서로 의존하지 않아도 살아갈 수 있는 사회가 되었어도 일본의 남자와 여자는 서로 의존하고 있다. 여자는 남자에게 '경제력과 자신의 거처' 를 원하고, 남자는 여자에게 '자신이 강한 남자인 것을 확인' 하기를 원하고 있다. 실은 '사랑' 이라고 부르는 것의 정체에 '의존' 이 크게 관계하고 있다는 것을 최근에 알기 시작했다.

“나와 그는 공의존이라고 생각합니다.”

한 여성의 그런 말을 듣고 놀랐다. 폭력부부도, 폭력을 휘두르는 남편과 그 남편의 곁을 떠나지 못하는 부인에 의해 조장되기도 한다. 부인은 “이 사람은 내가 없어지면 안 된다”하면서 자신의 거처를 확인하기 위하여 남편에게 의존하고 있다.

‘당신만을 위하여’ 라는 표현은 정말은 오싹할 정도의 이기주의를 포함하고 있다는 것을 알게 될 때가 되었다.

누군가에 의해 자신의 존재를 확인하고 싶다는 욕구는 위험하다. 일본의 남자도 여자도 이제 누군가에게 의존의 상대가 될 수 있는 여유는 없을 것이다. 의존을 굴레로 한 남녀의 관계와 가족관계는 끝나야 한다.

이 장에 등장한 여성들도 완전히 자립해 있다고는 말할 수 없다. 양육을 선택한 여성은 결국 일을 버린다. 이 사회에서 무리는 아니다. 지금은 과도기로서 모든 제도가 변한다 해도 서로 사랑하고, 아이를 낳는 것을 기다리고 있을 여유가 없다. 특히 여성에게 있어서는 더하다.

그렇다면 자기 나름대로의 방법으로 살 수밖에 없다. 사회의 탓으로만 여기고 있을 여유가 없다. 그녀들은 자기 나름대로의 해답을 발견해 가족을 갖기로 했다. 경제적으로 남편에게 의존하고 있는 사람도 있지만 그 선택은 자신의 몫이다. 누군가가 그렇게 하기 때문은 아니고, 사회 탓도 아니며, 스스로 선택한 결과다. 그러한 각오가 되었을 때 사람은 비로소 의존의 시대를 끝낼 수 있다고 생각한다.

여러 사람 속에 혼자이고 싶다

이제 '개인'의 시대다. '개인'을 확립시키지 못하고, 집단주의로, 다양성을 배척해 온 일본이다. 결국, 그 여파가 지금, 여기저기에 나타나고 있다. 정치와 경제도 물론 가족도 그렇다. '일본병'은 일본 전신에 동맥경화를 일으키고 있다.

'핵가족'이 되고, '자유연애'의 시대가 되었는데, 모든 사람이 좋아하는 사람과 즐거운 가정을 가질 수 있는 시대가 되었는데, 이 대량독신의 시대가 되는 것은 왜 일까.

일본인의 남녀는 '성인'으로서 성숙하기 전에 돈의 위력으로 갑자기 모든 것을 할 수 있게 되어버렸다.

'개인'이 아닌 '성인'도 아닌 남녀는 사람과 관계하는 것이 무섭다. 상처 입는 것이 무섭다. 서로 끌어안고 싶은데 다가갈 수 없는 것 '고슴도치의 딜레마'는 우리들이 안고 있다.

인터넷이라고 하는 가상적인 공간을 매개로밖에 만날 수 없다. 그런데 고독을 느낀다. 행복한 가족의 얼굴을 하지 않으면 사회에서 처지게 된다. 지금 실망하고 있는 세대는 좀 나을 지도 모른다. 이제부터 성인이 될 미래 세대는 도대체 무엇을 믿고 살아가면 좋을 것인가.

우선, 행복도 불행도 누구의 탓으로 하지 않는 '혼자'가 되도록 노력하는 것이다. 그리고 '사람과 관계'를 단념하지 않는다. 모순인 듯하지만 '혼자'가 되는 것과 '사람과 연결되는 것'과는 같은 것이다.

홀로서면 타인도 받아들일 수 있다. 사람이 무엇을 말하거나 신경을 쓰지 않고 있을 수 있다. 자신이 무엇을 하고 있어도 그 결과를 자신이 받아들일 수 있다면 무엇을 해도 자유로울 것이다. 그리고 '한 사람' 과 '한 사람' 이 손을 잡으면 사람은 연결되어 살아갈 수 있다.

사람에게 손을 뻗치는 것을 두려워하지 말아야 한다. 쾌적한 '혼자' 의 자유는 멋지다. 사람이 이 세상에서 맛보는 최고의 기분도 최악의 기분도 결국은 '사람' 과 관계에서 알 수 있다.

세상에는 남자와 여자밖에 없으므로 그 손을 잡아야 한다. 이제는 결혼과 가족만이 사람과 연결되는 형태는 아니다. 전통적인 형태의 안에서 '혼자' 를 모색할 수 있다. 이제부터의 결혼은 결코 고정된 형태만은 아니다. 결혼 안에서 '한 사람' 과 '한 사람' 의 관계를 날로 배양해가지 않고서는 결국 문제가 생긴다.

그리고 다양성을 받아들여야 한다.

앞으로 결혼과 가족은 어떻게 변할까 알 수 없다. 그리고 지금은 과도기다. 변해간다는 것밖에 모른다.

그렇지만 필자는 아직 '사랑' 과 '사람과 연결되는 마음' 을 믿고 있다.

적어도 나는 부모의 세대에서 사랑을 받았다. 품에 안기어 있었다. 최초로 자신을 인정해 준 곳은 가족이었다. 그리고 받은 것을 누군가에게 되돌려주어야 한다고 생각하고 있다. 그러나 '누구에게, 어떻게' 라는 대답은 발견하지 못했다. 사랑을 강요하는 것은 '에고' 라는 것도 이제 알았기 때문이다.

세상에 사랑은 넘치고 있다. 채널을 돌리면 사랑을 테마로 한 드라마가 나오고, 책방에 가면 연애소설이 넘치고, 길모퉁이에서 들려오는 음악은 모두 사랑을 노래하고 있다. 우리들은 이렇게 사랑을 원하고 있다. 그리고 누군가를 사랑하고 싶다. 가상의 사랑은 넘치고 있는데, 살아 있는 인간끼리는 서로 엇갈리고 있다.

■ 에필로그

결혼을 선택하는 여성들

올해 두 명의 친구가 출산을 했다.

한 친구는 1965년 생으로, 서른 일곱 살에 네 번째의 아이를 출산했다. 네 번째라고 하면 모두가 놀라지만 그녀가 아이를 키우고 있는 곳은 일본이 아니다. 미국 유학중에 만난 남편의 나라에서 아시아의 가정부와 유모의 시중을 받고 있다고 한다. 일본에 있는 우리들이 보면 동화 같은 생활을 보내고 있는 것이다.

"네 번째는 절대로 누구에게도 맡기고 싶지 않았다. 네 번째로서, 처음으로 여자로서 태어난 기쁨 같은 것, 역할 같은 것을 절실히 느끼고 있다"고 그녀는 웃으면서 말했다.

왠지 공감할 수 있다. 아이를 좋아하지 않는 필자조차 권하고 싶다. 꼭 이 기쁨을 맛보라고 말하고 싶다.

그리고 또 한 친구, 1963년 출생인 그는 서른 아홉 살에 미혼모를 선택했다. '필요한 것만을 선택하다 보니 이렇게 되었다. 그녀가 한 말이다. 똑같이 엄마가 된 기쁨에 넘치는 그녀였다. 그녀는 자신을 '집고양이의 모험'이라고 했다. 집이 있는 고양이가 미아가 되어버리는 것은, 조금 영역을 벗어나 모험하려고 하다가 여기저기서 다른 고양이에게 세차게 맞고 있는 사이에, 정말로 원래의 영역에서 벗어나 다시 돌아갈 수 없게 되어버렸다는 것이다.

미국이든 일본이든 같은 세대이다. 그리고 일본에서의 생활은 거의 같다. 학생시절의 이야기와 직장 때 이야기를 하면 공통적인 화제가 있다.

"우리의 세대는 정말로 생각하면 먼 곳으로 와 있다." 부모가 이렇게 저렇게 되라고 말했지만 그런 딸들은 정말로 다른 방향으로 흘러와버렸다.

그리고 일본 밖으로 나온 여성들도 많다. 요 4년, 아시아와 일본을 오가면서 어디에 있어도 일본 여성들에게 주목해왔다. 이국에 정착해가는 여성들은 엄마가 되는 것으로, 흔들림 없는 대지에 뿌리를 내려간다. 그런 그녀들을 보고 있으면 모성신화를 안 믿는 필자도 결국, 먼 곳까지 온 여성들이 최후에 출산이라는 기쁨을 맛보는 것을 보고 해답이라는 생각이 들었다.

이 후기를 쓰고 나면 컴퓨터를 끄고 일본으로 향하는 비행기에 오를 것이다. 나에게 있어서의 아시아를 필드로 한 4년간은 끝나고, 일본에 본격적으로 거처를 정하게 된다.

이 책을 쓴 것은 밖에서 본 일본이 정말로 이제 위험한 곳까지 와 있는 듯한 위기감의 발로였다.

출산율이 떨어지고 고령화가 가속화되는 나라라면 경제적으로 아무리 부자 나라라고 해도 살기 좋은 나라는 아닐 것이다.

결혼해 있는 사람에게는 결혼하지 않는 지금의 남녀가 기이하게 비칠 것이다. 또한 남자에게는 여자가, 여자에게는 남자가, 부모에게는 자녀가, 자녀에게는 부모가 무엇을 생각하고 있는지 모른다.

이 책이 조금이라도 위축되어 있는 상상력의 날개를 펼 수 있는 동기가 되어 질식할 듯한 생각을 하고 있는 보통의 결혼 안 하는 남녀에게, "이제부터는 무엇이든지 있을 수 있는 것이다"라고 알 수 있게 도움이 되었으면 좋겠다고 생각한다.

그리고 일하는 아내를 참을성 있게 지켜준 남편에게 지면을 빌려서 감사드린다.

■ 역자후기

결혼을 바라보는 관점의 변화

이 책에서는 '결혼'에 이변이 일어나고 있는 일본의 현실을 이야기 하고 있다. 하지만 일본에만 국한된 문제만은 아니다. 현재 우리나라에서도 똑같은 현상이 일어나고 있다.

만혼화, 소자녀화 한 발 더 나아가서는 남녀가 결혼을 안 하는 싱글시대로 돌입하고 있는지도 모르겠다. 하지만 결혼을 안 하는 남녀들이 절대적으로 결혼을 하기 싫은 것은 아닌 듯하다. 단지 운명의 사람, 납득할 수 있는 상대를 서로 못 만나고 있는 것일지도 모른다.

역자가 활동하고 있는 '여성의 전화' 싱글 여성모임의 회원들을 둘러봐도 전적으로 결혼에 대해 부정적인 생각 때문에 결혼을 안 하고 있는 회원들보다는 그렇지 않은 회원들이 더 많은 듯하다. 다만 예전처럼 관습이 정한 대로 살고 있지 않다는 것이다.

20세기 자본주의 경제체제가 여성들에게 경제적 자립의 기회를 주었기 때문에 그 경제적 자립 속에서 여성들은 좀더 많은 자유와 여유를 누리고 있는 것이다. 그렇다보니 우리 사회에서 여성들에게 굴레, 족쇄로 작용하고 있는 결혼을 쉽게 택하고 있지 않을 뿐이다. 싱글 여성모임에서 활동하고 있는 여성들의 삶의 형태는 다양하고 풍부하다. 이렇게 여성들의 삶이 다양해지다보니 지금까지 내려오던 보편적인 결혼형태가 여성들에게 통하지 않으며 결혼의 필요성을 느끼지 못하고 있는 것이다.

남녀 모두가 서로의 문제점을 직시하지 않는다면 남녀의 엇갈림은 계속될 것이고 만혼화, 소자녀화의 문제는 지속될 것이다.

일본정부는 결혼, 출산을 장려하기 위한 법안을 만들었다고 한다. 중매인에게는 지원금을 주고, 맞선을 주선하는 등의 행사에 우리 돈 400억 원의 정부예산을 지원하도록 돼 있다고 한다. 결혼을 안 하는 풍조가 확산되어 아이들이 없어서 일본의 미래가 없어지고 있다는 말이 나올 정도라고 한다. 아무튼 소자녀화도 문제지만 그것 보다 더 문제는 결혼을 안 하려는 경향이 문제이다. 그리고 정부정책도 중요하겠지만 근본적인 문제가 해결되지 않는다면 언제까지 이 문제는 해결되지 않을 것이다.

즉 결혼에 대한 여성들의 의식이 변하고 있는 만큼 남성들의 의식도 변해주어야 한다는 것이다.

이 책에서는 결혼을 하고 싶어도 못 하는 일본남성들의 문제점과 결혼할 수 있어도 안하는 일본여성들의 문제점을 몇 년에 걸친 취재를 통해 생생하게 전달하고 있다. 그리고 각각의 문제점을 제시하고 거기에 걸맞은 다양한 사례를 들어주고 있으므로 읽는 이들이 쉽게 공감을 할 수 있다고 본다.

끝으로 결혼을 앞두고 있는 많은 남녀독자들이 이 책을 읽고 부디 서로의 문제점들을 다시 한 번 생각할 수 있는 기회가 되어 운명의 사람이라고 납득할 수 있는 영원한 한 쌍을 이룰 수 있는 상대들을 올 한 해가 가기 전에 만날 수 있기를 기원한다. 그리고 이 책을 번역할 수 있게 해 준 도서출판 다리미디어와 박태옥, 이영애, 김정희에게 마지막으로 감사의 말을 전하고 싶다.

결혼, 하지 않을 자유
하지 못하는 이유

초판 1쇄 펴낸날 · 2003년 11월 15일

지은이 | 시라카와 도코
옮긴이 | 최희자
펴낸이 | 이회숙
편집장 | 이향선
편　집 | 이해인
마케팅 | 박정상
총　무 | 김정숙

펴낸곳　도서출판 다리미디어
서울시 마포구 망원동 386-16 삼미빌딩 401호
전화 336-2566(대표) 팩스 336-2567
http : //www.darimedia.com
E-mail : darimedia@hitel.net
등　록　1998년 10월 1일(제10-1646호)

ISBN 89-88556-92-5 03830
정가 8,500원